KB006693

50대 또 한 번
나 혼자만의 시간

50대 또 한 번
나 혼자만의 시간

나카미치 안 지음 | 조은아 옮김

무언가를 시작하고 싶다고
생각한다면
스스로 결정하자.

시그마북스
Sigma Books

50대 또 한 번 나 혼자만의 시간

발행일 2019년 1월 25일 초판 1쇄 발행
2020년 5월 20일 초판 3쇄 발행
지은이 나카미치 안
옮긴이 조은아
발행인 강학경
발행처 시그마북스
마케팅 정제용
에디터 최윤정, 장민정
디자인 최희민, 김문배

등록번호 제10-965호
주소 서울특별시 영등포구 양평로 22길 21 선유도코오롱디지털타워 A402호
전자우편 sigmabooks@spress.co.kr
홈페이지 http://www.sigmabooks.co.kr
전화 (02) 2062-5288~9
팩시밀리 (02) 323-4197
ISBN 979-11-89199-67-8(03830)

50DAI, MO ICHIDO "HITORI JIKAN"
ⓒ An Nakamichi 2017

First published in Japan in 2017 by KADOKAWA CORPORATION, Tokyo.
Korean translation rights arranged with KADOKAWA CORPORATION, Tokyo.
through ENTERS KOREA CO., LTD.

이 도서의 국립중앙도서관 출판예정도서목록(CIP)은 서지정보유통지원시스템 홈페이지(http://seoji.nl.go.kr)와
국가자료공동목록시스템(http://www.nl.go.kr/kolisnet)에서 이용하실 수 있습니다.
(CIP제어번호: CIP2018040157)

* 시그마북스는 (주)시그마프레스의 자매회사로 일반 단행본 전문 출판사입니다.

홀로 서라.
누군가 그대의 삶을 더 풍부하게
만들어주길 바라는 것은
그대를 불안한 상태로 몰아넣을 뿐이다

– 발타사르 그라시안

50대부터 홀로서기가 시작된다

여러분 반갑습니다. 저는 나카미치 안이라는 50대 주부입니다.

뜬금없지만 『논어』에 이런 말이 있습니다.

'50세는 하늘의 뜻을 아는 나이'

하지만 하늘의 뜻을 알기는커녕 부부문제나 부모와의 관계, 자식들의 독립, 내 몸의 변화 등 여전히 고민도 많고 혼란스러운 것이 50대입니다.

앞으로 어떻게 살아가야 할지 도움을 받고자 인터넷에서 여러 블로그를 찾아보고 참고가 될 만한 기사나 사람도 찾아보았지만, 유감스럽게도 제가 원하는 이야기는 찾을 수 없었습니다. 식사 중에 그런 이야기를 가족에게 했더니,

"그러면 직접 이야기를 해봐요. '안상'이라면 분명 모두가 공감하는 글을 쓸 수 있을 텐데요"라며 큰아들이 블로그를 운영해보라고 제안했습니다.

참고로 큰아들은 저를 '안상'이라고 부릅니다. 이제 엄마라고 부를 나이도 지났고, 오사카 사투리로 '안상'은 당신이란 뜻이어서 그렇게 합니다.

큰아들은 바로 행동으로 옮겨서 제게는 미지의 세계였던 블로그를 개설해주었습니다. 블로그 프로필을 입력해준 사람도 큰아들입니다.

그렇게 시작한 블로그에서 제가 여성이 홀로 살아가는 방식을 이야기하게 된 데는 이유가 있습니다.

여성의 평균수명은 남성보다도 길어서 설령 결혼했다고 해도 언젠가는 혼자가 될 가능성이 큽니다. 또 저 같은 경우는 남편과 별거로 홀로서기에 직면했습니다. 자식들과 함께 산다고 해도 '홀로서기를 한, 한 사람의 여성으로서 진정한 내 삶을 살고 싶다', '앞으로의 인생을, 50대로 보내야 할 10년을 내가 계획하고 싶다'라고 생각했기 때문입니다.

젊은 20대나 30대에 하는 독신생활과는 달리 50대부터는 성숙한 여성으로서 홀로서기를 시작해야 합니다. 누군가와 비교하거나 누군가에게 의지하지 않고 스스로 흔들리지 않는 축을 가지고 살아야 합니다.

저는 저만이 쓸 수 있는 '나카미치 안 스타일'의 생활방식과 삶을 글로 엮겠다고 생각하고 블로그에 글을 올리기 시작해서 감사하게도 이 책까지 출판하게 되었습니다.

제가 이러한 형태로 제 생각을 표현할 자리를 얻게 된 것은 매일 블로그를 방문해주시는 이웃과 따뜻하게 응원해준 친구, 곁에서 지켜봐 준 가족 덕분입니다.

여러분이 홀로서기를 즐기게 되고 인생에 긍정적인 영향을 받게 된다면 저 역시 한 걸음 나아갔다는 증거가 된다고 생각합니다.

부디 이 책의 페이지를 넘기는 여러분의 내일이 밝게 빛나길 바랍니다.

나카미치 안

차례

01

홀로서기를 시작하다

20대에 결혼한 후, 남편과 별거하기 전까지 22년 동안, 나는 거의 전업주부로 살았다. 남편은 성실했고 어느 정도 경제력도 갖추어서 경제적인 문제로 고생한 적은 없었다. 아이들 교육비도 예상치를 벗어난 적이 없었고, 멋도 좀 부리면서 주위 엄마들과 사교활동도 만끽했다. 종종 국내여행이나 해외여행을 즐기기도 했다. 그러한 생활이 일반적이라고 생각했다.

그러다 마흔 살이 되었을 즈음, 내가 사는 방식에 의문을 품기 시작했다. 친구 소개로 병원에서 아르바이트를 시작하면서 일하는 여성들과 어울리다 보니 나에게는 아무것도 없다는 사실을 뼈저리게 느꼈다.

마흔다섯, 홀로 서다

아내로서 그리고 엄마로서 열심히 살아왔지만, 돌이켜보면 나는 누구 아내라거나 누구 엄마라고 하는 다른 누군가의 부속품과 같은 호칭으로만 불렸다. 그러한 사실에 마음이 헛헛해지고 한 인간으로 홀로 서고 싶다는 생각이 머리를 스치면서 내 인생을 다시 돌이켜 보게 되었다.

2008년 9월, 세계적인 금융위기가 발발하면서 남편 연봉이 100만 엔 삭감되었고, 그다음 해에는 또 200만 엔이 삭감되었다. 하지만 아이 셋에게 들어가는 교육비는 정점을 찍어 2008년에는 연간 500만 엔 정도가, 그다음 해에는 350만 엔 정도가 필요했다.

남편과 상의하려 하니, "무슨 일이 생겼을 때를 대비했어야지. 대체 살림을 어떻게 한 거야?", "어째서 내가 돈을 더 줘야 하지?"라는 대답이 돌아왔다. 일 년에 백 몇 십만 엔씩 자유롭게 쓰는 남편이었지만, 본인 용돈을 줄여 생활비에 보태려는 생각은 전혀 없어 보였다.

지금까지 여유로운 생활을 누리면서 곤란해지면 바로 남편에게 의지하던 습관은 아무래도 좀 뻔뻔한 듯했다. 무슨 일이 생길 때마다 남편에게 기대야만 하는 내가 싫어져 내 힘으로 서자고 다시 한번 의지를 불태웠다. 그다음 해 봄, 막내딸이 중학교에 입학하고 난 후에 그때까지 5년간 계속해오던 아르바이트를 그만두고 정규직으로 취직하기로 했다. 그때가 내 나이 마흔다섯이었다.

홀로서기 위해서는 일을 해야 한다

병원에서 의료업체와 교섭하거나 조정하는 업무를 담당했기 때문에 처음에는 그 경력을 살려 취직하려고 했다. 하지만 아르바이트 경험밖에 없는 40대 중반 여자에게 원하는 일이 주어질 리가 없었다. 그렇다고 직장 구하기를 포기한다면 홀로서기는 불가능했다.

그래서 정부에서 운영하는 구직 프로그램을 통해 첫 번

째로 소개받은 약국에, 이것도 연이라고 생각하며 바로 들어가기로 했다. 담당 업무는 단순한 사무작업뿐인 데다가 매일 눈코 뜰 새 없이 바쁜데도 급여는 쥐꼬리만큼. 하지만 힘들지 않는 일, 불만이 쌓이지 않는 일이 어디 있으랴. 일이란 원래 힘든 법, 스스로 선택한 길이라고 다독이면서 조금이라도 보람을 찾고 동료들과도 마음을 터놓고 지내려 노력했다.

그러던 어느 날, 집을 청소하다가 '별거의 원인이 된 물건'을 발견했다. 이상하게도 슬프지 않았다. 지금 생각해 보면 남편의 마음이 식었다는 사실을 이미 알았던 듯하다. 그보다는 앞으로 어찌해야 할지에 대한 고민이 앞서, 그 순간 내 힘으로 서겠다던 목표가 반드시 내 힘으로 서야 한다는 필수 조건으로 바뀌었다.

'여하튼 돈을 모으자!'

남편이 경제적 지원을 끊어도, 아이들 교육비를 부담하면서 나 혼자 일 년간은 생활을 꾸려나갈 수 있을 만큼 돈을 모으자고 결심했다. 당시 내 수입은 일 년에 250만 엔 정도였는데, 그 연봉으로는 좀 부족했다. 고민만 한다고 해서 상황은 변하지 않는다. 어떻게든 마음만은 약해지지 않도록 '힘내!'라고 스스로 용기를 불어넣었다.

그러던 중 2010년 8월 말 친구에게 전화가 걸려왔다.

"우리 회사에서 사람을 한 명 구하기에 너를 추천했는데, 사장님께서 채용하라고 하시네. 지금 바로 답해줘."

희망연봉 역시 맞추어준다고 하니 내 대답은 물론 'OK.' 이야기는 순조롭게 진행되어 다음 날 별문제 없이 채용되었다.

홀로서기를 시작하다

회사를 옮긴 후, 조금이나마 수입이 늘어나면서 2011년에는 남편과 별거에 들어갔다. 지금은 아들도 일하고 딸도 대학생이 되었지만, 그때는 혼자서 하루하루를 버텨내야 했다. 홀로서기의 시작이었다.

사실 내가 여기까지 오는 데는 운이 따랐을지도 모른다.

친구나 아이들에게도 많은 도움을 받았다.

하지만 무슨 일이든 스스로 결정하는 데서 시작된다. 나는 내 힘으로 서자고 결심했다. 그 결심을 시작으로 홀로서기를 위해 무엇을 하면 좋을지, 진지하게 고민했다. 그 고민이 행동으로 이어지고 그러자 손을 내밀어주는 사람도 나타났다.

무언가를 시작하고 싶다고 생각한다면 스스로 결정하자. 어떤 일이든 내 결정에서 시작된다.

내 홀로서기도 이제 시작일 뿐이다. 크게 모아둔 돈도 없어 앞으로도 내가 돈을 벌어서 생활해야만 한다. '평생 일하기' 이것이 내가 마음속에 새긴 결심이다.

마음가짐을 바꾸려면
겉모습부터

취직을 하고 내가 돈을 벌기 시작하면서 가장 큰돈을 들여 구매한 물건이 자전거다. 당시 다니던 회사는 교통이 불편한 곳에 있어서 버스와 전철을 갈아타며 약 40분을 가고 다시 15분을 걸어가야 했다. 그렇게 힘들게 다니고 싶지 않아 망설이지 않고 자전거 통근을 선택했다. 갈 때만 50분이 걸리는, 꽤 먼 거리였지만 가만히 앉아 있으면 오히려 좀이 쑤시는 나로서는 버스나 전철보다 자전거가 편했다. 그래서 전동 보조 기능이 있는 스포츠 자전거를 샀다. 색깔은 메탈 블루에 7단 변속 기어가 달린, 50대 여자가 타는 것이라고는 보이지 않는 큰 자전거였다.

전투복은 편하지 않다

자전거 판매점 아저씨는 "아서, 짐도 싣지 못하고 불편하다 니까. 균형 잡기도 어려워"라며 나를 말렸다. 막상 타 보니, 슈퍼에서 장을 보고 오는 길에 시장바구니가 걸리적거려 균 형을 잃고 쓰러지는 등 익숙해지기 전까지 꽤 고생했다. 역 시 전문가의 조언을 들어야 한다.

하지만 그때 내게는 타기 편한 자전거인지 어떤지는 중요 하지 않았다. '가정주부로 보이지 않기', '자전거 페달을 밟 는 모습이 멋있어 보이기' 이것이 내가 자전거를 고를 때의 첫 번째 조건이었다. 지금 생각해 보면 자전거는 나 스스로 용기를 북돋우기 위한 전투복이었는지도 모른다.

내 힘으로 서고 싶다고 생각하고 일을 시작한 무렵, 익숙 하지 않은 업무와 새로운 인간관계 그리고 앞으로 생길 일 들 때문에 불안하기도 하고 힘들기도 했다. 그래도 멋진 자 전거에 올라타 바람을 가르며 달리다 보면 마치 보란 듯이 홀로 서서 씩씩하게 나아가는 기분이 들었다.

겉모습을 바꾸면 마음가짐도 달라진다. 마음에 드는 옷을 입거나 신발을 신으면 무슨 일이든 할 수 있다는 자신감이 생기고, 매니큐어나 립스틱을 바르면 평소보다 멋진 사람이 된 듯한 기분이 든다. 다른 사람에게 칭찬을 받기 위해서가 아니라 스스로 자신감을 얻기 위해서 겉모습을 꾸며야 한다고 생각한다. 그러한 노력이 앞으로 한 걸음 내디딜 수 있는 용기를 준다.

나를 위해 일한다

거품 경제가 붕괴하면서 그때까지 유지되던 종신고용제도가 무너졌다. 금융위기가 발발한 이후에는 한 가정을 받치던 가장이 새로운 일자리를 구하러 다닌다는 이야기가 내 주변에서도 심심치 않게 들렸다.

그러던 때에 자주 만나지는 않지만 무언가 곤란한 일이 생기면 항상 연락을 주고받는 친구에게서 메일이 왔다. 일을 시작했는데, 업무가 손에 익지 않아 힘들다는 불만이 담긴 메일이었다. 그때까지 좋은 직장에서 잘 해오던 남편이 갑자기 일을 그만두면서 그 친구도 생활 전선에 뛰어들어야 했다. 친구가 보낸 메일에는 자신이 원해서가 아니라 어쩔 수 없이 일을 하게 된 탓에 '일하기 싫어!'라고 외치는 속마음이 담겨 있었다.

확실히 40대나 50대에 일을 시작하면 육체적으로나 정신적으로 힘든 것이 사실이다. 익숙해지기 전까지 불만이 터져 나오는 것도 이해한다. 나도 마찬가지였으니까.

하지만 친구의 남편도 약 30년간 참고 또 참으며 가족을 위해 버텨왔을 것이다. 하기 싫다고 해서 바로 직장을 그만두었다면 가족들은 어떻게 되었을까? 남편 덕에 지금까지 풍족한 생활을 누렸으니 어려울 때 아내가 함께 일하는 것은 당연하다.

그렇다고는 해도 일하기 싫다는 사람에게 지금 당장 일하고 싶다는 마음을 가지라고 한들 통할 리가 없다. 해야만 한다고 생각하면 괴로운 법, 나를 갈고 닦기 위해서라고 생각을 바꿔보면 어떻겠느냐고 충고했다.

모든 일을 내가 정한다

가정을 위해서 아니면 일을 그만둔 남편 때문에 일을 해야 한다고 생각하면 '내가 왜 그래야만 하지?'라는 피해의식에 휩싸인다. 그렇게 되면 그저 시간이 지나가기만을 바라며 일하는 사람이 된다. 결과적으로 아무리 시간이 지나도 괴롭기만 할 뿐이다.

나를 위해서라고 생각을 바꿔보면 어떨까? 나 자신을 갈고닦기 위해서라고 생각하면 잘 해내고 싶다는 마음으로 일을 하게 된다.

마흔다섯에 취직한 약국에서 나는 정해진 사무작업만 하면 되는 재미없는 일을 담당했다. 그렇다고 해서 아무 생각 없이 시키는 일만 한다면 시간도 더디 가고 괴로울 뿐. 나는 좀 더 효율적인 방법은 없는지 고민도 해보고 비용을 줄일 방법이 뭐 없을까 궁리도 했다. 그것만으로도 일에 열중하게 되고 성과가 날 때면 성취감도 맛볼 수 있었다. 나에 대한 평가도 높아졌다. 그리고 무엇보다 '나도 할 수 있다!'라는 자신감이 생겼다.

　또 나를 위해서 일한다고 생각하면, 일해서 번 돈을 내가 쓰고 싶은 곳에 쓸 수 있다. 나를 위해서만 돈을 쓴다는 의미가 아니라, 어디에 돈을 쓸지 내가 자유롭게 정한다는 뜻이다. 설령 내가 사고 싶은 물건은 나중으로 미루고 가족과 같이 외식을 하거나 자식들에게 무언가를 사준다고 해도, 이는 누가 시켜서가 아니라 내가 그렇게 하고 싶었기 때문이다. 나는 그렇게 생각한다. 생각의 관점에 따라 일을 하는 의미가 완전히 달라진다.

'만족감'을 사다

이혼한 친구와 수다를 떨다가, 다이아몬드가 박힌 결혼반지를 어찌해야 할지 곤란하다는 이야기가 나왔다. 나 역시 결혼반지를 팔려고 생각했는데, 너무 가격을 싸게 매기기에 아까운 마음이 들어 처분하지 못하고 있었다.

반지 대신 팔찌

이야기를 나누다 보니 반지를 새로운 디자인으로 세팅해 평소 자주 끼고 다니자는 결론이 나왔다. 바로 백화점 보석 매장에 가서 평소에 껴도 될 만한 디자인으로 새로 세팅을 했다. 그렇게 세팅한 반지를 끼고 친구와 둘이 호텔 프렌치 레스토랑에서 새로운 보석이 생긴 것을 축하했다.

그 후로 몇 년이 지났을 때 문득 세팅을 다시 한들 결국은 결혼반지라는 생각이 들었다. 그 때문일까? 그 반지를 끼면 어쩐지 힘이 빠졌다. 내 힘으로 서고 싶다고 말하면서도 여전히 남편의 그늘 밑에 있는 듯한 기분이었다.

요즘 내 기분을 좋게 해주는 액세서리는 그 반지가 아니라 내가 스스로 장만한 '티파니 바이 더 야드' 팔찌다. 내 형편을 생각하면 쉽게 살 물건은 아니었지만, 하와이 티파니 매장에서 조금 싸게 팔기에 큰마음 먹고 구매했다. 조그마한 보석이 박혀 있는 화사한 팔찌인데, 50대 여자에게는 그다지 어울리지 않는다고 생각할지도 모르겠다. 일반적으로 나이가 들면 보석이 크고 고급스러운 액세서리가 어울린다고 생각하니까.

그래도 정말 마음에 든 물건을 내 돈으로 내가 샀을 때의 만족감은 그 무엇과도 바꿀 수 없다. 1캐럿짜리 다이아몬드가 박힌 값비싼 반지라도 헤어진 남편에게 받았다면 기분이 좋지는 않다. 그다지 비싸지 않은 보석이라 해도 내 힘으로 사서 몸에 걸치는 편이 훨씬 만족스럽다.

진정한 파워 스톤

그러한 마음의 변화가 행운을 불러오는지 그 팔찌를 하고 나서부터 좋은 일이 계속 생겼다. 팔려고 내놓을까 고민하던 친정집을 빌리고 싶다는 사람이 나타났고, 인기 블로거로 선정되기도 했다. 이 책의 출판 제안을 받은 것도 이 팔찌를 하고 나서 몇 개월 후였다.

다시 한번 몸에 걸치는 것은 다이아몬드의 크기나 가격, 다른 사람의 평가를 기준으로 선택해서는 안 된다고 생각했다. 나를 기분 좋게 하고 만족감을 주는 것으로 해야, 내가 깨닫지 못했던 힘을 불러올 수 있다.

되고 싶은 사람이 되다

예전에는 나도 '아내는 가정을 지키고 가사와 육아에 전념해야 한다'라고 생각했다. 엄마가 돈을 벌기 위해 밖에 나가면 아이들 교육상 좋지 않다거나 여자가 일을 해봤자 용돈벌이에 불과하다고 믿어 의심하지 않았다.

하지만 새로운 만남은 사람을 변하게 하는 법. 마흔에 아르바이트를 시작하고 일하는 여성들을 만나게 되면서 그들이 멋있다고 느끼기 시작했다.

'꾸준히'가 중요하다

아는 사람이 일하는 병원의 원장 부인은 일흔을 앞두고 복지사업을 시작한 대단한 여성이다. 사실 부인은 학교 임시교원으로 일하면서, 거품 경제 시기에 보석을 사고 해외여행을 가는 등 돈을 마구 썼다. 그러다가 동료가 얼마나 저축했는지 알고 놀란 후부터 급여 대부분을 저축했다고 한다. 퇴직 후에도 법률 관련 일을 해서 은퇴했을 때에는 모아둔 돈이 무려 집을 살 정도였고, 그렇게 모은 돈을 자본금으로 노인 요양 시설을 마련했다. 그 후에도 사업을 확장했다는 소문을 바람결에 들었다.

이렇게 이야기하면 '원래 부자였잖아'라고 생각하는 사람이 있을지도 모른다. 물론 나와 비교했을 때, 병원장 부인이라면 경제적으로 굉장히 풍족하다. 하지만 아무리 부자라고 해도 아무것도 없는 바닥부터 자본을 모으는 일은 노력이 필요하다.

어느 쪽이든 꾸준히 계속하는 끈기가 중요하다. 그렇게

노력을 계속하다 보면 언젠가는 기회가 생기고 인생의 꽃길이 펼쳐지지 않을까?

그저 '운'이 아니다. 부인을 보며 이런 사실을 깨닫고 나도 열심히 하자고 생각했다. 정년도 없이 열심히 일하다가 일흔 가까이에 새롭게 회사를 설립하다니 박력이 대단하다. 나이는 핑계에 불과하다는 사실을 통감한다.

다른 사람의 장점에 관심을 두다

일을 하기 시작하고 내가 접하는 세계가 넓어지면서, 이런 사람이 되고 싶다고 생각하거나 훌륭하고 멋지다고 느끼는 사람들이 그 부인 외에도 많다는 것을 알게 되었다. 그 사람들의 장점을 본받아 천천히 내 것으로 하면 이상적인 사람에 가까워진다고 믿는다. 모든 면에서 완벽한 사람은 없어도 이 사람의 이런 점은 훌륭해서 본받고 싶다면 그 장점만 교본으로 삼으면 된다. 그것이 '되고 싶은 사람'이 되는 지름길이다. 여러분 주변에도 훌륭한 사람이 많을 테니 부디 주변을 둘러보길 바란다.

신은 인생의
전환점을 마련해준다

남편과 별거에 들어선 결정적인 계기는 집에서 어떤 물건을 발견했기 때문이다. 내가 신을 믿게 된 사건으로, 그날 일을 떠올리면 지금도 이상한 기분이 든다.

남편의 가방에서......

지금부터 약 8년 전 5월 초 연휴, 안방에서 옷장을 정리하려고 받침대를 딛고 서서 안에 있는 물건들을 이것저것 살피는데 갑자기 귓가에 소리가 들렸다.

　"가방을 봐봐."

환청이 아니라고 자신할 만큼 또렷하게 들렸다.

'뭐? 뭐지, 지금?'

놀라서 나도 모르게 둘러보니 남편이 들고 다니는 업무용 가방이 바로 눈에 띄었다.

미리 말해두지만 나는 그때까지 한 번도 남편 가방을 뒤지거나 몰래 휴대전화를 살펴본 적이 없었다. 정확히 말하자면 원체 그런 일에 흥미가 없다. 하지만 그날은 그 소리에 이끌리듯 남편의 가방을 열어보았다.

그러자 가방에서 통장과 송금명세서 그리고 남편이 외도 상대에게 돈을 쓴 기록이 나왔다.

신의 덕택

하지만 이상하게도 슬프지 않았다. 단신 부임 기간이 길었던 데다가, 아이들 양육도 내게만 맡겨두었던 남편과는 오랜 시간에 걸쳐 천천히 관계가 멀어졌던 듯하다. 어쩌면 그러한 어중간한 부부관계에 매듭을 지어야 한다는 생각이 있었을지도 모른다.

그런 나를 이끌어 준 것이 그 신비로운 신의 목소리였다.

이렇게 이야기하면 친구들은 "신이라고? 불화의 씨앗을 던져 줬는데?"라고 부정적으로 말하지만, 신은 사람에게 행복만을 주는 존재가 아니다.

신은 나에게 인생을 다시 바라보는 전환점을 맞게 해주었다. 이를 어떻게 받아들이고 어떻게 할지는 나의 몫. 나는 그 소리 덕분에 반드시 홀로 서겠다는 각오를 다지고, 새로운 목표를 향해 걸음을 내디뎠다. 그때 신의 목소리를 들었기에 지금의 내가 있다.

내 일은 내가 한다

동생이 아는 분 중에 굉장히 멋진 아흔네 살이 된 독신 여성이 있다. 하와이에 있는 커다란 저택에 혼자 살면서 쇼핑도, 집안일도 무엇이든 직접 하고 친구들을 집으로 초대해 파티를 열기도 한다. 일본에 사는 지인들이 하와이에 놀러오면 직접 차를 운전해서 여기저기 안내해준다고 하니 감탄할 따름이다.

게다가 2년 전에는 말기 암이었던 여동생을 집으로 데려와 돌본다고 해서 주변을 놀라게 한 적도 있다. 골절로 왼손을 못 쓸 때도 다른 사람에게 도움을 청하지 않고 다치지 않은 오른손으로 어떻게든 집안일을 했다고 한다.

아흔네 살이어도 무엇이든 직접 하려는 자세가 정말 존

경스러운, 동경의 대상이다.

'나도 그런 멋진 노인이 되고 싶어, 분명 나라면 그렇게 될 수 있을 거야!'라고 동생에게 메시지를 보냈더니, 동생에게서 '두고 보라고 한 사람 치고 제대로 한 사람 없다는데?'라는 답변이 왔다. 아무래도 내가 하와이에 놀러 갔을 때 지갑을 맡기거나 주문을 부탁하는 등 동생을 내 편한 대로 부려먹어서 그런 듯하다. 다른 사람에게 의존만 해서는 '멋진 94세'가 될 수 없다.

해보면 어떻게든 할 수 있다

아무 생각 없이 가족이나 친구에게 의지하게 되는 일은 누구에게나 있다.

"차로 좀 데려다 줘", "기차 시간 좀 알아봐 줘", "전구 좀 갈아줘"……

아무리 사소한 일이라도 부탁하는 것이 당연해지면 그

편함에 익숙해지고 결국 습관이 된다. 그리고 다른 수많은 일 역시 못하는 사람이 될지도 모른다. 그렇게 깨닫고 나서는 무엇이든 내 일은 내가 하자고 다짐했다.

얼마 전 호텔을 예약하려고 스마트폰으로 저렴하면서도 편리한 호텔을 찾으며 몇 시간을 보내고 나서 지쳐 쓰러졌다. 또 작년 여름에는 방충망을 교체하는 일에 처음 도전했다. 업자에게 부탁하면 간단했겠지만 무슨 일이든 해봐야 한다는 생각에 가게에서 자재를 사와 직접 해보았다.

'쉽게'라고는 말하지 못하겠지만 해보면 어떻게든 할 수 있다.

마지막까지 멋지게 살려면 자기 일은 직접 해야 한다고 되새기며 나 자신을 채찍질한다.

집안일을 미루고
혼자 술 마시러 가기

'퇴근길에 혼자서 한잔 걸치고 들어가자!'

주부인 나의 오랜 로망이었다. 좀 바빴다거나 기분 나쁜 일이 있던 날에는 '이럴 때 가볍게 한잔 하러 간다면 기분이 풀릴 텐데……'라고 생각한 적도 여러 번 있었다. 결혼하고 아이가 생기면 혼자만의 시간을 여유롭게 즐길 기회는 현저히 줄어든다. 하물며 혼자 술을 마시러 가기란 상당히 어려운 일이다.

게다가 내가 젊었을 때는 여자가 혼자 술을 마시러 가는 일이 지금처럼 일반적이지 않아서 결혼 전에도 혼자 술을 마신 적이 없다. 그래서 더 막연하게 바랐는지도 모른다.

일을 하기 시작해서 내 힘으로 혼자 살아가게 되고 아이들도 다 자란 지금이 기회, 일에도 홀로서기에도 익숙해진 50세가 되어서 염원하던 '혼자 술 마시러 가기'에 데뷔했다.

혼자 술 마시러 가기 데뷔

예전에 친구와 간 적이 있는 이탈리안 레스토랑에서 혼자 술을 마셔보기로 했다. 옷차림도 신경 쓰고 드디어 레스토랑에 들어서기는 했는데 왠지 마음이 불편했다. 한껏 꾸미고 가야 하는 곳을 불편해하는 데다가, 혼자 술을 마시는 것도 익숙하지 않은 나 같은 사람에게는 어울리지 않는 곳이었던 듯하다. 한 시간 정도 있다가 나왔는데 마치 속이 얹힌 것 같은 기분으로 끝난 데뷔 무대였다.

하지만 한번 해보고 나면 어떤 일이든 두렵지 않다. 첫 시도에서 얻은 교훈을 살려 그다음에는 그다지 긴장하지 않고 술을 마실 만한 곳을 찾았다. 처음 퇴근길에 가볍게 들른 곳은 꼬치구이 집이었다. 꼬치구이 집은 꼬치를 여러 종류

먹을 만큼만 주문할 수 있어 혼자 술을 마시는 사람에게 딱 좋다.

집안일에서 해방되어 내가 먹고 싶은 안주와 마시고 싶은 술을 마음껏 즐길 수 있는 것이 혼자 술 마시기의 묘미다. 이제는 휴일 점심이나 퇴근길에 혼자 술 마시는 시간을 즐기고 있다.

주변을 신경 쓰지 않는다

내가 혼자서 술을 마시러 갔다는 이야기를 하면 친구들이나 블로그 이웃들은 대단하다고 놀라며 여러 질문을 한다. 특히 '어떤 가게를 가면 좋으냐'는 질문이 많다. 패밀리 레스토랑이나 셀프서비스인 카페 이외에는 혼자 가지 못한다고 하는 사람도 많다.

나 역시 혼자 술 마시기의 달인은 아니지만, 경험자로서 이야기하자면 우선은 가본 적이 있는 곳을 가는 편이 좋다.

가족이나 친구와 몇 번쯤 갔던 곳이라면 가게 분위기도 익숙하고 무엇을 주문하면 좋을지 메뉴도 알기 때문에 마음이 편하다. 가게 점원과 안면을 익혔다면 좀 더 편하다.

　다른 사람의 시선이 신경 쓰인다는 말도 자주 듣는다. 하지만 솔직히 주변에서는 내가 신경 쓰는 만큼 나를 신경 쓰지 않는다. 나 자신이 주변을 신경 쓰지 않으면 된다. 창가 자리를 골라서 바깥 풍경을 보며 술을 마셔도 되고 책을 읽거나 스마트폰으로 SNS를 확인해도 좋다. 무언가 다른 일에 집중하면 주변 시선은 그다지 신경 쓰이지 않는다.

　여하튼 이 정도로 반향이 있다는 것은 혼자서 술을 마시러 가는 데 모두 흥미가 있다는 뜻이라고 생각한다. 마음 편한 곳만 발견한다면 혼자 술을 마시는 것은 꽤 즐거운 일이니, 부디 도전해보기 바란다. 도전해 보았지만 아무래도 본인에게는 맞지 않는 듯하다면 다음부터는 하지 않으면 된다. 수다 떨 때 이야깃거리가 될 경험 정도로 가볍게 시도해 보아도 좋지 않을까?

수고한 하루,
집에서 혼자 반주 즐기기

혼자 술 마시러 가는 것을 좋아하지만, 아직 대학교에 다니는 아이도 있고 자주 외식을 할 형편도 못 된다. 그래도 혼자 술을 마시고 싶은 날이나 아이들이 늦게 들어오는 날에는 집에서 반주를 즐긴다.

내가 먹고 싶은 안주를 마련한다

집에서 혼자 술을 마실 때는 냉장고에 있는 재료로 간단히 만들 수 있는 안주를 준비한다. 크게 수고를 들이지는 않지만, 그래도 고집하는 것은 '단 하나라도 제대로'다. 내가 먹고 싶은 안주를 하나쯤은 제대로 준비해서 혼자서도 맛있게 술을 마시고 싶다.

얼마 전에는 바삭바삭한 햇우엉 튀김을 준비했다. 스틱형으로 자른 햇우엉에 튀김가루, 물, 얼음, 마요네즈를 약간 넣어 만든 튀김옷을 입혀서 튀긴 후 후추와 소금으로 맛을 내었다. 제철 채소로 만든 음식은 맛도 좋고 재료비도 별로 들지 않아서 자주 식탁에 올리려 한다. 아니면 고기를 굽기도 하고 나물이나 전날 남은 음식으로 상을 차리기도 한다. 그렇게 한잔하는 것만으로도 충분히 행복한 기분을 누릴 수 있다.

혼자라도 좋다

집에서 술을 마실 때는 마시는 장소를 바꾸면 분위기가 한층 더 살아난다.

평소처럼 부엌 식탁이 아니라 거실 테이블에 상을 차리

고 소파에 앉아서 마셔도 좋고, 춥지도 덥지도 않은 계절이라면 베란다에서 즐겨도 좋다. 집이라도 일상에서 벗어난 듯한 특별한 기분을 맛볼 수 있어 한층 더 신선하다.

그런 내 모습을 본 아들은 "뭐해요? 처량 맞아 보이게"라고 하기도 하지만······.

나는 혼자 술을 마실 때 처량하다고 생각한 적이 없다. 즐기는 방법은 사람마다 각자 다르다. 혼자가 처량하다는 공식은 성립하지 않는다. 이왕이면 "혼자라도 좋아 보이네"라는 말을 듣고 싶다.

먹는 것을 좋아하기도 하지만, 가족이나 친구들과 함께하는 식사뿐 아니라 혼자만의 식탁도 즐길 줄 아는 사람이 되고 싶다.

빵을
먹으며 길을 걷다

작년 봄, 구급차에 실려 가 입원했던 어머니가 원인불명으로 퇴원했다. 병원에서 퇴원 절차를 마치고 어머니를 요양원에 모셔다드린 후에 집으로 돌아왔다. 저녁 여덟 시 즈음해서 집 근처 역에 도착했는데 역 구내 빵집에 진열된 카레빵이 눈에 띄었다. 맛있어 보이기도 하고 배도 고픈 김에 홀린 듯이 사버렸다.

가끔은 자유분방하게

아직 식지 않은 따뜻한 카레빵을 손에 쥐니 공복감이 밀려

왔다. 피곤한 탓도 있을지 모른다. 참지 못하고 길가에서 빵을 꺼내 한 입 깨물고는 그대로 버스 정류장 세 개 정도 되는 거리를 걸어가며 빵을 다 먹었다. 이런 50대 아줌마라니, 부끄러워해야 할까?

하지만 가끔은 약간 제멋대로 행동하는 것도 괜찮다. 우리 세대는 길거리를 걸으면서 음식을 먹는 것은 상상하지도 못했고, 서서 먹으면 행동거지가 나쁘다고 혼쭐이 나기도 했다.

이렇게 '하지 말아야 할 행동'을 하면 굉장한 해방감을 맛본다. 소소하더라도 해본 적 없는 일이나 그동안 참아왔던 일을 해보면 즐겁다. 가끔은 제멋대로 자유분방하게 모험을 즐기면 스트레스 해소도 되고 삶의 자극도 된다. 재미없는 아줌마가 될 일은 없을 것 같다.

혼자
점심을 먹는 법

어느 여배우가 즐겨 먹는 단골 메뉴로 곱창전골이 블로그에 소개되었다. 단골이라니 몇 번이고 반복해서 먹을 정도로 맛있다는 뜻일 터. 우리 집에서는 원래 곱창전골을 먹지 않다 보니 어떤 맛인지 흥미가 생겼다.

오사카 우메다 역 근처에 곱창전골을 하는 식당이 있다기에 언젠가 먹어봐야겠다고 생각하다가, 볼일이 있어 나간 길에 혼자 먹으러 갔다. 혼자 먹는 점심은 다른 사람들과 일정을 맞출 필요가 없어서 가고 싶은 식당을 가고 싶을 때 갈 수 있다는 장점이 있다.

나는 간장으로 간을 한 곱창전골에 명란젓, 다진 말고기, 유자 무절임 세트를 주문했다. 먹어보니 달짝지근하고 누린

내도 없어서 '이것이 맛있는 곱창인가 보다'라고 생각하며 꼭꼭 씹어 삼켰다.

밖에서 혼자 전골을 먹는다고 놀랄지도 모르지만 실제로 해보면 그렇게 이상하지 않다. 오히려 나 개인적으로는 혼자 고깃집에 갔을 때가 훨씬 불편했다. 고기 굽는 속도도 생각해야 하고 익은 정도도 살펴 가면서 먹어야 하니 이것저것 바빠서 천천히 맛볼 수도 없고 좀 피곤했다. 그런 점에서 곱창전골은 내 편한 대로 먹다가 마지막으로 남은 국물에 면까지 넣어 먹으며 만족스럽게 식사를 마쳤다.

하지만 어떤 사람은 고기를 구울 때처럼 할 일이 많은 편이 주변 시선을 신경 쓰지 않아도 되어서 편하다고 느낄지 모른다. 각자 맞는 방식이 있을 테니 어떤 것이든 실제로 한 번 해보기를 권한다.

약간 늦은 시간에 점심을

저녁이 되면 단체로 식사를 하는 손님들이 많아서 혼자 식당에 들어가기가 망설여진다. 하지만 점심시간에는 혼자 먹는 사람들이 많아서 좀 편하다. 혼자 식당에 들어가기 껄끄럽다고 느끼는 사람이라도 점심시간이라면 도전하기 쉽지 않을까?

혼자 점심을 먹으러 갈 때는 점심시간을 약간 지나서 가면 좋다. 정오에서 한 시 사이에는 회사원들로 혼잡하고 점심시간 전에는 아이들을 유치원에 보내고 온 엄마들로 북적거린다. 나는 가능하면 한 시 반에서 두 시 사이에 가보고 싶었던 식당을 찾는다. 그 시간이면 다소 자리에 여유가 있어서, 주변에서 들려오는 대화나 줄 서서 기다리는 사람들을 신경 쓸 필요 없이 느긋하게 음식을 즐길 수 있다.

쿠폰 쓰기

나는 혼자 먹는 점심을 즐기기 위해 이왕이면 알뜰하게 먹자는 주의다. 음식점에서 받은 포인트 카드나 쿠폰을 활용하는 것은 물론이고, 홈페이지나 앱에 올라온 할인 정보도 반드시 확인한다. 맛집 정보 사이트에서 가고 싶은 식당 정보를 검색해서 쿠폰을 얻을 때도 있다. 또 내가 자주 사용하는 신용카드는 제휴 식당에서 원하는 음료수를 서비스로 받을 수 있다. 휴일이라면 시원하게 한잔 할 수 있게끔 맥주를 주기도 한다.

받을 수 있는 혜택을 받지 못하면 아깝다. 약간의 수고로 이득을 봤다는 기분을 맛볼 수 있으니 식당에 들어서기 전에 적당한 쿠폰이 없는지 확인해보자.

혼자
온천을 즐기는 법

올봄, 오래간만에 혼자 여행을 다녀왔다. 50대가 된 지금이
야말로 즐길 수 있는 약간 사치스러운 '어른 여행'을 계획하
고 아리마 온천을 다녀오기로 했다.

오후에 우메다 역에서 버스를 타고 아리마 온천으로 향
했다. 고즈넉한 온천 마을에 도착해서 한 시간 정도 산책하
며 소프트아이스크림도 먹고 선물도 산 후에 호텔로 들어갔
다. 넓은 발코니가 딸린 트윈룸을 혼자 차지한 채 느긋하게
지내려고, 오기 전에 백화점 지하에서 유명 맛집의 도시락
과 초콜릿도 사 왔다.

해가 질 때까지 발코니에 편안히 앉아서 가지고 온 와인
을 마시고 초콜릿을 먹다가 느지막하게 온천에 들어갔다.

목욕 후에는 시원하게 맥주도 한 잔! 도시락을 안주 삼아 와인을 마시고 텔레비전을 보며 여유롭게 시간을 보냈다.

다음 날 아침은 고대하던 호텔 조식 뷔페. 먼저 밥과 된장국, 생선구이, 조림 등을 맛본 후에 크루아상과 훈제 연어 마리네, 우유 등 양식을 조금 더 가져다 먹으며 한 시간 남짓 아침 식사를 만끽했다.

아침 식사 후에는 체크아웃인 11시까지 발코니에서 차를 마시고 호텔 정원을 산책하며 한가롭게 시간을 보냈다. 보통은 이렇게 여유로운 시간을 보내지 못하다 보니 나에게는 정말로 사치스럽고 굉장히 행복한 시간이었다.

일상적이지 않은 일을 혼자서 즐긴다

혼자서 여행을 하면 외롭지 않느냐고 친구들이나 아들이 가끔 묻는다. 하지만 나는 외롭다고 느낀 적이 없다. 음식이 맛있다거나 풍경이 멋지다고 이야기를 나눌 상대는 없지만,

말을 할 필요가 없을 만큼 맛있는 음식과 멋진 풍경이 주는 감동을 음미한다.

다른 사람에게 맞추거나 신경 쓸 필요 없이 내가 하고 싶은 일만 해도 되고 온전히 식사와 온천을 즐길 수 있다. 혼자 하는 여행은 그 나름의 장점이 있다.

물론 각자 성향에 따라 혼자서는 도저히 여행을 즐기지 못하는 사람도 있다. 하지만 꼭 여행이 아니더라도 혼자 즐길 수 있는 무언가가 생긴다면, 그만큼 하루하루가 설레고 가슴이 두근거리는 시간이 늘어날 것이다.

혼자 라멘을 먹는 것이야말로
자유를 누린다는 증거

나는 라멘을 정말 좋아한다. 혼자서도 자주 먹으러 갈 정도다. 내가 종종 다녀오는 교토는 사실 알 만한 사람은 다 아는 라멘 맛집들의 격전지다. 얼마 전에도 교토를 돌아다니다가 배가 고파서 마침 보이는 돈코츠 라멘으로 유명한 가게에 혼자 들어가 라멘을 먹었다. 한 그릇 더 먹고 싶을 만큼 맛있어서 대만족이었다.

혼자라서 누리는 사치

일본에는 혼자 라멘집에 들어가는 것을 불편해하는 여성이 많다. 특히 나와 같은 50대 이상인 여성이라면 혼자서 라멘을 먹기가 껄끄럽다고 생각할지 모른다. 확실히 라멘집에 나 혼자만 여자였던 적도 수두룩하다.

하지만 라멘을 싫어하는 사람은 별로 없지 않을까? 오히려 라멘을 좋아하는 사람이 매우 많다고 생각한다. 갑자기 라멘이 먹고 싶어졌는데 혼자라서 먹으러 가지 못하고 다른 음식을 먹는다면 쓸데없는 열량을 섭취할 뿐이니 안타깝다.

물론 건강이나 다이어트를 위해 라멘을 먹지 말아야 할 때도 있겠지만 그래도 가끔은 먹고 싶은 음식을 마음껏 먹는 날이 있어야 행복하지 않을까?

좋아하는 라멘을 먹고 싶을 때 먹으러 가는 것이 혼자라서 못 하는 일이 되어서는 안 된다. 혼자라서 누릴 수 있는 사치다.

내 마음대로
여기저기 돌아보기

내 취미 중 하나는 잡화점을 둘러보는 일이다. 특히 그릇이나 주방용품을 보러 다니는 것을 좋아한다. 오늘은 또 어떤 물건들이 들어왔는지 궁금해하며 교토 나들이에 나선다.

'이 접시에는 생과자를 담으면 좋겠다.' '이 찻잔으로 차를 마시면 맛있겠네.'

가보고 싶은 가게를 돌며 마음에 드는 그릇을 집어보고 어떻게 쓰면 좋을지 곰곰이 따져가며 꽤 시간을 들여 물건을 고른다. 그래서인지 어쩌다 보니 사버렸다고 후회한 적은 거의 없다.

그릇뿐만 아니라 옷도 '그 바지와 같이 입으면 되겠군', '휴일에 외출할 때 입기 좋겠어' 등등 입은 모습을 상상하면서 옷을 고른다. 바로 입을 옷을 사기 때문에 장롱에 쌓아 둔 채 유물로 만드는 일은 없다.

나의 쇼핑 규칙

나는 쇼핑할 때 내가 정한 '범위' 이상으로 물건을 사지 않는다는 규칙이 있다. 그릇이라면 찬장에 들어갈 만큼만, 옷이라면 장롱의 정해진 공간에 들어갈 만큼만.

내가 새로운 물건을 살 때는 낡거나 필요 없는 물건을 버린 후다. 최근에는 부츠 두 켤레를 처분했다. 새로운 물건을 사기 위해서는 그만큼 필요 없는 물건을 버려야 한다는 뜻이기 때문에 지금 가지고 있는 것을 버리면서까지 살 만한 물건인지 신중하게 따져본다. 그러면 불필요한 소비는 상당히 줄어든다.

반대로 일단 사지 않고 나중으로 미루어둔 물건이지만, 하룻밤이 지나도 역시 갖고 싶어 미련을 버리지 못할 때면 다시 가게에 가서 사 오기도 한다.

이렇게 쇼핑 규칙을 만들어서 물건을 정리하면 내가 진짜 좋아하는 것과 필요한 것들에 둘러싸여 살아갈 수 있다. 집이 훨씬 정이 가는 공간이 되고 마음 편하게 지낼 수 있다.

03

50대부터 건강에 신경 쓰자

몸과 마음의 변화를
살펴자

마흔둘인가 마흔셋이 되었을 즈음에 허공을 걷는 듯한 느낌이 가끔 들어 뇌신경외과에서 CT 검사를 했다.

결과는 '이상 없음'.

"갱년기라서 그럴까요?"라고 의사에게 물었더니 그럴지도 모른다는 대답과 함께 진찰은 끝났다. 지금 생각해보면 그 후에도 자전거를 탈 때 앞에서 걸어오는 사람과 부딪힐 것 같은 느낌이 들거나, 사람들이 많은 곳을 걸을 때면 다른 사람과의 거리에 불안함을 느끼기도 했다. 하지만 그때는 대수롭지 않게 여겼다.

쉰을 눈앞에 둔 어느 날, 일을 마치고 돌아와 현관에 들어서는데 갑자기 현기증이 나더니 천장이 뱅글뱅글 돌고 그

자리에서 움직일 수 없었다. 병원에서 검사를 받으니 메니에르병이라는 결과가 나왔고, 그때 이미 왼쪽 귀 청력이 상당히 나빠진 상태였다.

몸에서 보내는 SOS

그 후 정기적으로 병원에 다녔지만, 청력은 거의 회복하지 못하고 지금에 이르렀다. 만약 어떤 식으로든 몸이 이상하다고 느꼈을 때 한 번 더 병원에서 진찰을 받았다면 증상이 조금은 가벼워졌을까?

나 정도 나이가 되면 조금 몸 상태가 나빠도 '나이 탓이겠지. 벌써 갱년기인가?'하고 넘기거나 '좀 피곤한가 보다'하고 무시하기 일쑤다. 하루하루 살아가기 바빠서 자신의 일은 뒤로 미루는 사람도 많다.

하지만 그 조그마한 변화가 사실은 내 몸에서 보내는 SOS일지도 모른다. 그 신호를 놓치지 말고 바로 의사를 찾아가야 한다고 절실히 느꼈다.

나는 메니에르병이라고 진단을 받은 후부터는 매년 거르지 않고 건강검진을 받는다. 직장에 다니면 건강보험을 통해 매년 건강진단을 받는데, 나는 추가 요금을 내고 정밀검사까지 해주는 특별검진을 받는다. 검진비는 4만 엔 정도로 꽤 돈이 들지만, 특별검진을 통해서 병에 걸렸다는 사실을 알게 된다면 큰돈이 아니라고 생각한다. 또 만약 무언가 이상이 발견되면 검진비는 의료비 공제 대상이 된다.

실제로 쉰 살에 특별검진을 받았을 때는 자궁근종을 발견했다. 검사결과를 가지고 대학병원에 가서 진찰을 받았더니 이 정도로는 병원에 오지 않아도 된다며, 냉정하게 이야기했다. 이런 취급을 받으면 묻고 싶은 것도 묻지 못하게 된다. 그래서 며칠 후 집 근처 산부인과에서 재진찰을 받았다.

"크기가 작아서 괜찮아요. 폐경이 되면 크기가 더 줄어들 테니 걱정하지 마세요"라고 내 의문에 친절하게 대답해주어 안심했다.

병을 예방하거나 조기에 발견하기 위해서는 직장이나 집

근처에 주치의를 두거나 병원을 알아 놓고 몸 상태가 좋지 않을 때 상담을 받으면 좋다.

그리고 일 년에 한 번은 건강검진을 받아보기 바란다.

지난번 검진에서 심전도 검사를 받았는데 이상이 발견되었다. 가장 큰 원인은 스트레스라고 한다. 젊었을 때는 체력이나 기력으로 버텨냈지만, 50대가 되면 스트레스가 그대로 몸에 축적되어 건강을 해친다. 그래서 나는 무리하지 않는다. 정확히 말하면 나이가 들면서 '무리하지 않으려고 노력'하게 되었다.

무리하지 않으려는 노력

원래 나는 무엇이든 직접 하지 않으면 성이 차지 않는 성격이다. 쉬는 것 역시 좋지 않게 여겨서 몸 상태가 나빠도 '내가 해야만 하는 일이 있으니까!'라고 생각하며 회사를 거의 쉬지 않았다. 혼자서 업무를 끌어안은 채 매일 두세 시간씩 야근하던 때도 있었지만, 딱히 스트레스를 느끼지 못했다. 그런데 그것이 문제였던 듯하다.

그렇게 깨닫지 못하는 사이에 스트레스가 쌓여서 몸에 영향을 끼친 것이 아닐까? 심전도 이상뿐 아니라 메니에르병도 스트레스와 관계가 있다고 한다. 한 번은 위염이 발견되었는데 역시 스트레스가 원인이라고 의사에게 주의를 받기도 했다.

그때마다 "제발 너무 무리하지 마세요. 충분히 주무셔야 해요"라는 충고를 듣고 나를 좀 더 돌보아야겠다고 생각을 고쳐 먹었다.

사실 내가 회사를 쉰다고 해도 회사는 문제없이 잘 돌아간다. 업무량이 내 능력치를 넘었다면 동료에게 도움을 청하거나 일정을 조절해서 불필요한 야근을 줄여야 한다. 무리하지 않고 확실하게 쉬고 나면 오히려 업무 효율이 높아진다.

일정을 꽉 채우지 않는다

무리하지 않겠다고 결심한 후에는 업무뿐 아니라 일상생활에서도 여유를 가지고 한가롭게 지내는 시간을 소중히 여기게 되었다.

나는 카페가 딸린 서점에서 책을 읽는 것을 좋아한다. 오사카의 '쓰타야'는 소파에 앉아서 커피를 마시며 책을 사기 전에 읽을 수 있어 좋아하는 서점이다. 여유로울 때는 서점에서 세 시간씩 있다 오기도 한다. 고급스러운 공간에서 한가로이 시간을 보내기만 해도 마음에 위안을 받고 더불어 좋은 책을 찾게 되면 마음의 건강까지 챙길 수 있다.

물론 자주 그렇게 할 수는 없어서 보통은 가족이 없는 방에서 소파에 기대 여유롭게 커피를 마시거나 창밖으로 하늘을 가만히 바라보며 시간을 보낸다.

피곤하다고 느끼거나 스트레스가 쌓였음을 알아챈 후에는 늦는다. 일상생활 속에서 조금이라도 숨돌릴 시간을 만들어 스트레스나 피곤을 흘려보내 주어야 한다.

갱년기
장애를 극복하는 법

여자라면 누구에게나 찾아오는 갱년기. 하지만 '장애'라는 말이 붙을지 어떨지는 사람에 따라 다르다. 무슨 자신감인지 나는 갱년기 장애를 겪지 않을 것이라고 믿었다. 하지만 그 희망적인 추측은 보란 듯이 어긋나서 50대가 되자 어깨가 결리고 고관절에 통증을 느끼기 시작했다.

특히 심각했던 것이 냉병과 부종. 아침에 일어나면 얼굴이 퉁퉁 부어서 심각할 때는 부은 눈이 마치 귀신처럼 무서울 정도였다. 평소에 잘 맞던 구두가 갑자기 꽉 끼어 신지 못하게 된 적도 있었다. 더운 여름에도 냉방을 틀면 발이 아플 정도로 시려 회사에서는 양말을 꼭 신어야만 했다.

갱년기를 극복하는 법

그때 읽은 책이 나처럼 갱년기에 직면한 여성 작가 무레 요코의 『느리게 사는 삶ぬるい生活』이다. 갱년기를 극복하는 방법이 있지 않을까 싶어 읽다가 알게 된 사실이 '설탕과 냉병 그리고 부종'의 관계다.

설탕이 공기에 접촉했을 때 눅눅해지는 이유는 공기 중의 수분을 빨아들이기 때문이다. 그러한 성질 탓에 설탕을 지나치게 많이 섭취하면 체내에 수분이 쌓여서 냉병과 부종이 일어난다고 한다.

내 생활을 돌이켜 보면 거의 매일 달콤한 디저트나 빵을 구워 먹고 직접 굽지 않은 날은 케이크를 사 와서 먹었다. 확실히 설탕을 많이 섭취했다.

게다가 설탕에는 중독성도 있다고 한다. 따라서 단 음식을 만들면 만들수록, 먹으면 먹을수록 점점 중독되어서 끊지 못하게 된다.

젊은 시절에는 몸을 부지런히 움직여서 불필요한 수분을

배출했지만, 나이가 들어 신체 기능도 쇠약해지고 거기에 갱년기까지 찾아오면 심각한 냉병과 부종이 나타난다.

나는 바로 빵과 케이크를 더 이상 굽지 않고 단 음식을 절제하기 시작했다. 그랬더니 바로 냉병과 부종이 덜하게 되었다.

갱년기는 누구나 거쳐야 하는 단계이지만, '갱년기니 어쩔 수 없잖아?'라고 그냥 포기할 필요는 없다. 증상에 따라 어떻게 대처해야 하는지 직접 알아보기도 하고 전문가에게도 물어본다면 갱년기를 극복할 수 있는 답을 발견할 수 있을 것이다.

편리함에 기대지 않는다

나이 탓도 있겠지만 일흔여덟인 엄마는 다리가 아프다거나 목이며 어깨가 아프다거나 여기저기 아프다고 호소한다. 병원에서 의사에게 진찰을 받아보면 몸을 움직이지 않기 때문이라고 한다. 몸을 움직이지 않으면 혈액순환이 나빠져서 종기나 통증이 생긴다. 몸이 점점 쇠약해지고 건강을 잃는다. 수긍이 간다. 내 나이쯤 되면 짐작 가는 일들이 아주 많다.

무엇이든 '적당히'가 중요하다

집안일을 할 때 설거지를 직접 하는 대신에 식기세척기를 이용한다. 로봇청소기가 있어서 청소기를 돌려야 하는 수고가 줄어들었다. 빨래도 건조기에 넣고 돌리면 빨래건조대에 널 필요가 없다. 예전과 비교해 편하게 살 수 있다.

하지만 그런 생활에 익숙해지면 매일 하는 집안일마저 하기 싫어지고 그러다가 점점 몸이 퇴화할 것 같은 기분이 든다.

무리하지 않고 쉬는 것은 때로 중요하다. 하지만 그렇다고 해서 계속 편하게 사는 것이 좋다는 의미는 아니다. 적당히 몸을 움직이고 적당히 쉬자. 일과 휴식 두 가지 모두 염두에 둘 필요가 있다.

청소기는 상반신을 크게 움직이며 직접 돌린다. 빨래는 베란다로 옮겨서 빨래건조대에 널어 말린다. 가끔은 큰 테이블보나 시트도 팡팡 두드려서 주름을 펴가며 널어 준다. 에스컬레이터 대신에 계단으로 올라간다. 이러한 일상생활 속 소소한 노력을 중요하게 여기고 싶다.

비만 체질이
되고 나서 신경 쓰는 것

나이가 들면서 여성은 대부분 살이 쉽게 찌고 잘 빠지지 않는다고 느낀다. 나 역시 마흔이 넘어서 거울에 비친 내 모습을 보니 몸매는 망가지고 어쩐지 통통해졌다는 생각이 들었다.

바로 헬스클럽을 등록해서 열심히 다녔다. 수영이나 러닝 머신, 복싱 운동, 바벨 운동 등으로 몸을 단련하고, 어떻게든 체형을 유지하려고 노력했다.

그러다가 사정이 생겨 헬스클럽을 다니지 못한 지도 10년이 지났다. 50대가 된 지금은 예전처럼 혹독하게 다이어트를 할 기력도 체력도 시간도 없다. 하지만 어떻게든 나잇살이 느는 것만큼은 막아보고 싶어서 폐경을 맞이하기 전에 마지막 발버둥으로, 내가 할 수 있는 소소한 노력을 매일 계속하고 있다.

50대부터 하는 다이어트 습관

갱년기나 폐경기를 맞은 여성은 더 살이 찌기 쉽다. 여성 호르몬인 에스트로겐은 지방 연소를 돕거나 내장 지방을 감소시키는 역할을 하는데, 갱년기 이후에는 이 에스트로겐의 분비가 감소하면서 점점 비만 체질이 되어간다고 한다. 정말 끔찍한 일이다.

따라서 비만 체질이 그대로 비만으로 이어지지 않도록 일상생활 속에서 노력을 기울인다. 다음에 소개하는 열 가지 습관이 내가 다이어트를 하기 위한 노력이다.

❶ 20분에서 30분 정도 걸리는 거리라면 걸어서 이동한다.

❷ 역에서 오르내릴 때는 계단을 이용한다.

❸ 무엇을 먹을지 고민된다면 열량이 낮은 쪽을 선택한다.

❹ 단 음료수는 마시지 않는다.

❺ 매일 탄산수를 1리터씩 마신다. 탄산수는 피부를 좋게 하고 혈액순환과 신진대사를 촉진하는 데 효과가 있다.

❻ 식사 때에는 반드시 제일 먼저 채소를 먹고 국물 요리를 먹는다.

❼ 매일 김치, 요거트, 치즈, 낫토 등 발효식품을 섭취한다.

❽ 너무 많이 먹은 다음 날에는 식사량을 줄인다.

❾ 아침과 밤에 몸무게를 잰다. 매일 몸무게를 의식하면 몸무게가 늘어나는 것에 민감해지고 다이어트 효과가 있다.

❿ 여름에도 따뜻한 물에 몸을 담가서 신진대사를 촉진한다.

목록으로 작성해놓으니 대단한 노력을 기울이는 듯해 보이지만 하나하나는 그렇게 어렵지 않은 일이다. 물론 시작할 때 조금은 노력이 필요하겠지만, 꾸준히 하면 어느새 습관이 된다. 습관이 되면 당연한 일이 되기 때문에 스트레스를 받거나 힘들지 않다.

나잇살이 붙지 않도록 특별히 의식하지 않아도 실천하는

생활습관이 누구나 있지 않을까? 하루에 몇 개나 되는지 세어보자. 만약 부족하다고 느낀다면 새로운 다이어트 습관을 추가하면 된다. 습관이 늘고 정착해가면서 조금씩 변하는 체형을 볼 수 있을 것이다. 아직 포기하기엔 이르니, 다 같이 힘을 내자!

스트레칭으로
무리하지 않으면서 유연하게

다이어트를 위해 하나 더, 내가 새롭게 시작한 것이 있다. 바로 발레 스트레칭이다.

어렸을 때 인기 있던 발레 드라마를 보고 발레를 배우고 싶다고 생각했지만, 내가 살았던 시골에는 발레 교실도 없었고 발레를 배우는 사람도 없어서 그저 동경으로 끝났다. 그 기억이 어딘가에 남아 있었는지 해본 적 없는 운동을 하고 싶다고 생각했을 때 불현듯 발레가 떠올라, 작년부터 발레 스트레칭 교실에 다니기 시작했다.

엄격함을 맛보다

발레 초보인 데다가 나이도 많은 나는 발레 동작이나 전문 용어를 외우는 것조차 벅찬 열등생이다. 그래도 꾸준히 할 수 있는 이유는 하는 만큼 성과가 보이기 때문이다.

나를 가르치는 선생님은 열정적이라고 해야 할지, 솔직히 아주 많이 엄격하다. '초보가 이 정도 하면 뭐……'라며 봐 주는 일이 없다. "발 방향이 틀렸어요", "엉덩이는 이쪽을 향 하게!", "어깨는 좀 더 떨어트리고!"라며 매번 나에게 질책을 한다.

솔직히 수업을 잘 따라가지 못하는 내가 한심해서 괴로 운 적도 있었다. 하지만 그래도 나에게는 이런 수업 방식이 맞는 듯하다.

발레 스트레칭을 시작하고 한 달쯤 지났을 때, 마루에 앉 아서 다리를 쫙 벌리고 허리를 숙였더니 바닥에 가슴이 닿 는 것이 아닌가!

즐겁고 화기애애한 분위기 속에서 진행되는 수업도 좋지 만 그렇다면 초보인 나는 언제까지고 발전하지 못했을 듯하다. 성과도 그다지 느끼지 못해서 계속하지 못하고 그만두었을지도 모른다.

50세가 되면 무언가를 배우자

발레 스트레칭을 하면 혈액순환이 좋아져서 부기가 빠지기 때문에 신체가 유연해졌다고 느낀다. 또 몸이 가벼워지고 기분도 상쾌해진다. 평소에 쓰지 않는 근육을 자극하고 몸통 부분을 단련시켜서 허리나 엉덩이에 붙은 살들도 빠진다. 실제로 나도 모르는 사이에 벨트 구멍을 하나 줄일 수 있을 정도로 허리 살이 빠졌다. 같이 발레 교실에 다니는 젊은 학생은 변비가 나았다고 한다.

　발레는 아이들이 배우는 운동이라는 인식이 있어서 이런 나이에 배우기 시작해도 괜찮을지 처음에는 망설였다. 하지만 무슨 일이든 잘하지 못해도 꾸준히 계속하면 반드시 결과가 나타난다. 무언가를 시작하는 데 늦다는 것은 없다. 자주 듣는 말이지만 정말 그렇다고 실감한다. 그러고 보니 나 역시 쉰한 살에 블로그를 시작했다.

여러분들도 50대를 맞이해서 무언가 배우기 시작해 보면 어떨까?

50대에는
내 몸에 딱 맞는 브래지어를

어릴 때부터 우리 집은 새 속옷을 입고 새해를 맞이했다. 그 습관은 지금도 계속되어서 매년 1월 1일은 새 속옷을 입는 날로 정해져 있다. 그 때문에 연말에 세일하는 속옷을 열심히 주시한다.

예쁜 속옷보다 맞는 속옷

젊었을 때는 속옷을 살 때 색이나 레이스 등 디자인을 보고 골랐지만, 50대가 된 지금 제일 중요하게 고려하는 점은 '얼마나 예쁘게 몸매를 잡아주느냐'다. 특히 브래지어는 어떤 것을 입느냐에 따라 5년은 어려 보이기도 하고 5년은 늙어 보이기도 한다. 브래지어를 입었을 때 가슴이 처지거나 등이나 옆구리로 삐져나오는 살이 있으면 훨씬 나이 들어 보인다.

그래서 나는 처진 가슴을 받쳐주는 바스트 업 효과가 있는 브래지어나, 등이나 옆구리에서 삐져나온 살을 확실히 잡아주는 브래지어를 고른다. 살이 삐져나오지 않도록 잡아주고 싶다면 언더벨트가 두껍고 이중으로 된 브래지어를 입으면 된다.

만약 어떤 브래지어를 입어야 할지 고르기 어렵다면 매장에 있는 직원에게 물어보면 된다. 실제로 입어보고 어떤지 봐달라고 하자.

나이가 들수록 체형은 변하기 쉽다. 나도 젊었을 때는 C컵이었지만 아이를 낳은 후에는 D컵이 맞았다가 B컵이면 충분했던 때도 있는 등, 브래지어를 살 때마다 사이즈가 바뀌었다. 따라서 실제로 입어보고 내 몸에 맞는 브래지어를 선택할 필요가 있다.

게다가 나는 몸매를 잡아주기 위해 보정속옷도 애용한다. 내가 애용하는 보정속옷은 가슴 부분이 브래지어에 걸리지 않도록 크게 파인 민소매 형태인데, 가슴이 옆으로 퍼져 보이지 않도록 겨드랑이 살을 정리해주고 브래지어 끈 밑으로 삐져나온 등살은 물론 배 살도 확실하게 쪼여주기 때문에 날씬해 보이는 효과가 있다. 특히 몸매가 드러나기 쉬운 얇은 상의를 입을 때 대활약을 한다.

체형이 변하기 시작하는 40대 이후에는 사이즈나 디자인뿐 아니라 어떤 기능이 있는지 따져보고 속옷을 골라야 한다.

상하 세트로

속옷은 다른 사람이 보지 못하기 때문에 신경을 덜 쓸지도 모른다. 하지만 오히려 겉옷을 고를 때는 망설여지는 대담한 색상이나 화려한 자수가 놓인 디자인을 골라서 즐길 수 있다. 다른 사람이 보지는 못하지만, 마음에 드는 속옷을 입었을 때 기분이 좋아진다.

그래서 나는 항상 브래지어와 팬티를 세트로 사서 맞추어 입으려고 한다.

매일 챙겨 입기가 귀찮다면 친구들과 점심 약속이 있거나 외출을 할 때만이라도 마음에 드는 속옷을 상하 세트로 갖추어 입어보자. 왠지 모르게 활기가 생겨난다.

향기로
여성미를 높인다

텔레비전에서 남성 진행자가 특별출연자로 등장한 아름다운 여배우에게 "굉장히 좋은 향기가 나네요"라고 칭찬하는 것을 본 적이 있다.

향기는 그 사람의 인상을 좌우하는 중요한 요소로 좋은 향기는 여성미를 극단적으로 높여준다. 그래서 나는 사람들과 스쳐 지나갈 때 내게서 은은한 향기가 살짝 풍기기를 원한다.

요즘 내가 좋아하는 향수는 블로그 이웃에게 받은 '에스티로더'의 '플레져'로 플로랄계의 상큼하고 깔끔한 향기가 난다.

교양 있게 향기를 즐기는 법

하지만 향기가 좋다고 해서 너무 많이 뿌리면 안 된다. 몇 미터 떨어져서도 맡을 수 있는 강한 향기나 엘리베이터 안을 꽉 채우는 향기는 좋은 향이 아니라 악취에 가깝다.

향은 따뜻해지면 퍼지기 쉬우니 주의하자. 보통 향수는 두꺼운 동맥이 지나는 손목이나 목 근처에 뿌리라고 하지만 그쪽에 뿌리면 주변 사람은 냄새가 지독하다고 느낄 수도 있다. 냄새는 사람에 따라 느끼는 방식이 다르니 조금 부족하다고 느낄 만큼만 뿌리는 것이 적당하지 않을까?

나는 배나 허리 부근에 향수를 한두 번 정도만 분사해서 사용한다. 그러면 향이 위로 올라와서 나도 향을 즐길 수 있고 다른 사람과 스쳐 지나갈 때 은은하게 느껴지기 때문에 주변에도 좋은 인상을 준다.

젊었을 때는 샤넬이나 디오르 향수를 즐겼는데, 아이들을 키우느라 바쁘다 보니 향수를 뿌리던 즐거움을 어느새 잊었다. 여자로서 가장 아름다울 때 여자가 아니라 엄마로서 살아왔다는 기분이 든다.

아이들이 다 큰 지금 향수를 뿌리는 즐거움을 다시 한 번 누리고 있다. 얼굴이나 몸매는 젊었을 때 그대로 유지하기 어렵고 이제 곧 폐경을 맞이할 테지만 여성미를 높이고 싶다면 아직 늦지 않았다. 좋은 향기는 여성이 어떤 나이더라도 성숙하고 멋진 여성으로 변신시켜주는 마법의 아이템이다.

여름에는
맨발에 치마를

매년 치마를 입을 기회가 줄어든다. 특히 여름에는 스타킹을 신고 싶지 않은데, 그렇다면 맨발을 드러내야 하니 망설여진다. 발이 거뭇거뭇해지고 눈에 띄게 건조해져서 예전만큼 예쁘지 않아 드러내고 싶지 않다. 고민이다.

하지만 이왕 여자로 태어났으니 치마도 즐겨보고 싶다. 치마는 디자인이나 길이에 따라 엉덩이나 허벅지를 가려서 체형을 감추어 주기도 한다. 나는 무릎 뒤쪽에 정맥류가 심해서 긴 치마만 입는다.

최대한 발 관리에 신경 써서 다가오는 여름에는 맨발에 샌들을 신고 치마를 입는 데 도전하고 싶다.

벌꿀 요거트 팩

발을 관리할 때 신경 쓰는 부분은 무릎 아래, 복사뼈에서 발등, 발뒤꿈치, 엄지발가락이다. 이 부분은 거뭇거뭇해지거나 꺼칠꺼칠해지기 쉬워서 각질을 관리하고 크림을 발라 보습을 해주어야 한다.

이전에는 '산타 마리아 노벨라' 보디로션을 보습제로 사용했다. 향이 좋고 발도 매끈해져서 즐겨 썼는데, 요즘의 나에게는 사치스러울 만큼 비싼 제품이라 좀처럼 사지 못한다.

요즘은 좀 더 가격이 적당한 보습제로 발을 관리하고 있다. 예를 들어, 발뒤꿈치는 전용 줄로 각질을 벗겨낸 후에 바셀린으로 보습을 해준다. 바셀린은 피부 표면에 유막을 만들어서 수분 증발을 막기 때문에 피부가 건조해지지 않는다.

최근 발견한 보습제는 벌꿀 요거트 팩이다. 요거트(유통기한이 지나도 괜찮다)와 벌꿀 그리고 굵은 소금을 2:1:1로 배합해서 섞기만 하면 팩이 완성된다. 요거트에는 미백효과가, 벌꿀에는 보습효과가, 소금에는 각질 제거 효과가 있어서 검게 착색되거나 건조해진 발을 관리하는 데 안성맞춤이다.

요거트 팩은 액체 상태라 줄줄 흐르기 때문에 그대로 바르면 바닥에 뚝뚝 떨어지니 조심해야 한다. 우선은 무릎 아래나 신경 쓰이는 부분에 팩을 바르고 가볍게 마사지를 한 후에 부직포 등으로 덮어 준다. 다시 그 위에 비닐랩을 두르고 손으로 따뜻하게 문질러 준 다음에 5분 정도 지나서 따뜻한 물로 씻어내면 끝. 팩을 하고 나면 확실히 매끈매끈해지니 한번 해보기 바란다.

50대야말로
손끝까지 아름답게

네일아트를 하면 단숨에 여자가 된 기분이 든다. 그렇게 느끼는 것만으로 여성미가 높아지지 않을까?

돈을 너무 많이 쓴 달에는 거르기도 하지만 거의 매달 네일숍에 가는 것은 내 즐거움 중 하나다. 한때는 라인 스톤을 얹어 반짝반짝 빛나게 하거나 화려한 색을 바르는 등 대담한 네일아트에 빠졌던 적도 있다. 하지만 어느 정도 나이가 되니 너무 현란한 네일아트는 내 생김새나 차림새에 어울리지 않고 붕 뜬다는 느낌이 들었다.

40대나 50대는 단순하면서도 고급스러운 디자인이 어울린다. 예를 들면, 단순한 디자인으로 누디컬러를 바르거나 역 프렌치 디자인으로 라인 스톤을 한 손에 한두 개 얹는 정도가 성숙한 어른의 품격을 느끼게 한다. 네일아트를 하면 손끝까지 어른스러운 멋진 여성으로 변신할 수 있다.

손끝에 부린 사치

네일아트를 금지하는 직장을 다니는 사람이나 네일아트에 쓰는 돈이 아깝다고 생각하는 사람도 있을 것이다. 그런 사람에게는 필름형 네일아트 제품을 추천한다. 일반적인 매니큐어와 마찬가지로 손톱에 바르지만 따뜻한 물에 담그면 스티커처럼 싹 벗겨지는 제품이다. 매니큐어를 바르는 것도 귀찮다면 네일 버퍼로 손톱을 윤이 나게 다듬거나 오일 마사지만 해주어도 손끝이 깔끔해지고 기분이 산뜻해진다. 손끝에 약간 사치를 부려 여성미를 즐겨보면 어떨까?

50대는 '끝'을 아름답게 가꾸어야 한다.
손끝, 발끝에서 성격이 드러난다고 한다.
네일아트 하나만으로도 기분이 달라진다.

겨울에는 굽이 높은 부츠를 신고
썩썩하게 거리를 걷는 느낌도 좋다.

나의 생활

1_ 거실

거실은 내가 혼자만의 시간을 마음껏 즐기는 공간 중 하나다.
차와 다과를 준비해 소파에 앉아 책을 읽거나
러그 위에서 뒹굴거나…….
때때로 아이들과 같이 앉아서 소소한 이야기를 나누기도 한다.

마음이 편안해지는 공간을 갖는 것도 어른의 즐거움이다.

2 _ 소중한 물건

돈을 모으기 시작한 때부터 버리지 못하고 계속 사용하는 냄비들.
몇 년을 썼지만, 손질만 잘하면 아직 쓸 만하다.
요리를 좋아하는 나에게는 꼭 필요한 물건들이다.

청자처럼 생긴 그릇도 오랫동안 계속 써온 것이다.

친구들에게 물건을 아낄 줄 안다고 칭찬을 듣기도 한다.

3_음식

직접 만든 케이크를 접시에 담고 마음에 드는 찻잔에 홍차를 따른다.
그리고 여유롭게 독서를 즐긴다.
소박한 케이크여도 예쁘게 담아 놓으면
먹는 즐거움이 배가 된다.

살짝 카페에 온 기분!

4 _ 혼자 술 마시기

나는 종종 밖에서 혼자 술을 마신다.
물론 집에서도 반주를 즐기고 아이들이 없으면
나 혼자 술을 마시기도 한다.

내가 만든 맛있는 음식에
좋아하는 술을
마시는 시간이
지극히 행복하다.

5 _ 혼자만의 여행

하와이에 사는 동생네에 놀러 가려고
혼자 비행기를 탔다. 같이 가는 사람이 없어도 나는 괜찮다.
여행의 모든 단계를 혼자서도 충분히 즐길 줄 안다.

하와이는 내 삶의 방식을 바꿔준 장소이기도 하다.

6 _ 여행을 즐긴다

나는 종종 먼 곳이든 가까운 곳이든 가리지 않고 여행을 떠난다.
일상생활에서 벗어나 느긋한 시간 속에서
이런저런 생각에 빠질 수 있는 것도
혼자이기에 가능한 일.
이 즐거움을 앞으로도 소중히 여기려 한다.

7 _ 현관

들어오거나 나갈 때 거쳐야만 하는 현관은
집의 얼굴이라고도 하는 만큼 깨끗하게 청소한다.
오래된 집이지만 바람이 잘 통하고 깔끔하도록 언제나 신경 쓴다.

신발장 위에는
그 계절에 피는 꽃을 장식한다.
현관에 꽃이 있는 것만으로도
부자가 된 기분이다.

피부관리는 간단하게

어느 날 아침 출근 전에 거울을 보았더니 눈 밑이 불룩 튀어나와 있었다. 애교살이 아니라 피부가 늘어진 탓이다. 조금만 피부관리를 거르면 바로 노화가 진행되는 50대에는 피부 상태가 쉽게 달라진다. 매일 꾸준히 피부를 가꾸지 않으면 되돌리지 못한다는 사실을 뼈저리게 느꼈다.

구분해서 간단하게

피부를 관리해주는 화장품은 싸지 않다. 좋다고 하는 제품들은 특히 비싸다. 게다가 클렌징, 세안제, 퍼스트에센스, 미백 에센스, 화장수, 로션, 페이스 크림, 아이크림, 보습용 팩 등등 전부 바르려고 들면 끝이 없다.

나는 예산에 맞추어서 '필요한 것과 불필요하다고 생각하는 것', '돈을 들여야만 하는 것과 저렴해도 괜찮은 것'으로 화장품을 구분하고 피부관리는 최대한 간단하게 끝낸다.

예를 들어, 반드시 품질이 좋아야만 하는 화장품은 클렌징과 세안제다. 에센스나 크림을 바른다고 한들 바탕이 더럽다면 유효성분은 흡수되지 않는다. 피부에서 땀이나 먼지, 파운데이션 찌꺼기 등 오물을 씻어내고 아무것도 없는 상태에 화장품을 발라야 한다. 이것이 피부관리의 기본이다.

따라서 클렌징이나 세안제는 주머니 사정과 타협하지 않고 내게 맞는 것을 사용한다. 다만 가격이 비싸다고 좋은 제품은 아니다. 요즘 내가 쓰는 세안용 비누는 잎사귀 모양으로 손바닥만 한 크기(30g)에 300엔이다. 웨스틴호텔에서 제공하는 어매니티인데 하와이에서 묵었을 때 만난 명품이다. 거품이 잘 일어나고 씻은 후에도 피부가 땅기지 않아서 좋다고 느낀 순간 바로 인터넷으로 주문해서 계속 사용하고 있다.

다른 화장품도 마찬가지지만, 저렴해도 내게 맞는 제품이 있으니 괜찮아 보이는 제품이 있으면 사용해 보고 맞는 것을 찾아야 한다. 나는 화장수도 직접 사용해 본 후에 내 피부에 잘 스며든다고 느끼는 제품을 선택한다.

주머니 사정과 타협하다

비싸지 않아도 품질이 좋다고 생각하는 피부관리 제품은 피부과에서 처방받는 의약품이다. 나는 피부 혈액순환을 좋게 하고 건조한 피부를 개선하는 제품을 처방받아 사용한다. 내 또래 중에 피부가 지성이라고 하는 여성은 만난 적이 없을 정도이니, 대부분 건조한 피부에 맞는 제품을 원할 듯하다. 화장수를 바른 다음에 이 의약품을 바르는데, 상당한 금액을 주고 사는 로션에 버금갈 만큼 사용감도 좋고 피부도 촉촉해진다. 관심이 있다면 피부과에서 상담을 받아보기 바란다.

그 외에도 퍼스트에센스나 미백 에센스, 보습크림은 품질이 좋은 제품을 선택하면 피부가 맑아지거나 매끈매끈해지는 등 나름의 효과가 있다. 하지만 나 개인적으로는 반드시 사용해야 한다고 생각하지 않아서 피부 상태와 주머니 사정을 고려해 결정한다.

가끔 '역시 늙었네……'라고 서글퍼지기도 하지만, 그래도 내 피부를 마주하고 잘 살펴서 그때그때 내게 꼭 필요한 화장품이 무엇인지 따져보며 사용한다.

내가 바라는
50대를 넘긴 여성의 아름다움

언제까지나 젊다는 말을 듣고 싶다. 나를 포함한 많은 여성이 바라는 희망이다. 그렇다고 해서 지나치게 노화를 막기 위해 집착하는 것은 바람직하지 않고 행복해지지도 않는다.

내 친구는 편하게 살을 빼준다고 선전하는 클리닉에 갔다가 비만이나 변비에 효과가 있는 한방약을 처방받아 온 적이 있다. 비만이나 변비도 아닌데 그런 약에 의지해서 편하게 살을 뺀다니, 건강에 나쁘지 않을까? 몸에 맞지 않거나 건강상태가 좋지 않으면 설사를 할지도 모른다. 그래도 날씬해지고 싶다고, 다이어트를 하겠다고 계속 그 약을 먹는다면 분명 건강을 해칠 것이다. 설령 날씬해졌다고 해도 아름다워진 것은 아니라고 생각한다.

멋진 여성이 되고 싶다

내 친구의 이야기만큼 극단적인 방법은 아니더라도 돈으로 얻을 수 있는 젊음에는 한계가 있다. 너무 살을 빼면 젊어지는 것이 아니라 반대로 늙어 보일 가능성도 있다.

내가 바라는 것은 생기다. 겉모습만을 가꾸어서는 절대 얻을 수 없다. 우리 세대는 지금 갱년기 한복판에 있기 때문에 나이 탓을 하며 포기한다면 점점 늙어갈 뿐이다. 일부러라도 의식해서 무언가에 호기심을 가지고 도전하거나 하루하루를 즐겁게 보내려 노력해야 한다.

내면에서 배어나오는 생기와 아름다움을 느끼게 해주는 사람이 구리하라 하루미 씨(일본의 요리전문가로 1947년생 – 옮긴이)다. 평소에는 민낯으로 다니고 나이가 들수록 멋있어지는 내가 동경하는 여성이다. 구리하라 하루미 씨처럼 항상 생기 있고 빛나는 여성이 되고 싶다. 이것이 50대가 된 내가 바라는 아름다움이다.

각자 동경하는 여성이 있으리라고 생각한다. 동경하는 여성을 바라보며 하루하루를 활기차게 보내자. 그것이 언제까지고 아름답게 살기 위한 첫 번째 조건이다.

나를 위해
쓰는 돈이 소중해지다

마흔다섯에 남편과 헤어진 후, 돈을 모으기란 어려운 일이라는 사실을 다시 한번 절실히 느꼈다. 전업주부 시절에는 별걱정 없이 나를 위해 돈을 썼다. 계절마다 옷을 몇 벌씩 사고 만 엔이 넘는 티셔츠를 산 적도 있다. 지금의 나로서는 도저히 상상할 수 없다. 남편이 뒤에서 받쳐준다는 것은 고마운 일이다.

가계부를 쓰다

내가 버는 돈으로 생활하게 된 지금은 계획적으로 돈을 쓰려 노력한다. 그 때문에 가계부도 쓰기 시작했다. 새해가 되면 가계부 첫 페이지를 펼치고 그해에 무엇을 하고 싶은지 목표를 적는다. 회사로 따지면 설비투자계획과 같다고 할 수 있다.

몇 년 전에는 '하와이에 가서 동생의 50세 생일선물로 티파니 목걸이를 사준다', '딸에게 기모노를 사준다', '조명기구를 산다'라는 목표를 적었다. 그다음 해의 목표는 '화장실을 수리한다', '다이슨 청소기를 산다', '조명기구를 산다', '하와이에 간다'였다.

그리고 이렇게 세운 목표를 달성하기 위해 필요한 자금을 마련하려고 일 년 내내 노력한다. 조명기구를 사겠다는 목표가 2년 연속 적힌 것을 보면 알겠지만, 계획만으로 끝나기도 한다. 하지만 처음에 큰 목표를 세워두면 허투루 돈을 쓰는 일은 줄어든다.

용돈을 얼마로 할지 정한다

가계부를 적으면서 그해에 세운 목표를 위해 쓸 돈, 노후를 대비한 저축, 식비나 교육비 등 필요한 돈을 계산하고 이를 수입에서 뺀 돈을 내 용돈으로 한다.

한 달에 삼사만 엔 정도가 되는데 대부분 미용비나 점심 값으로 나간다. 미용비는 매달 머리를 손질하거나 속눈썹을 연장하고 또 두 달에 한 번 정도 염색할 때 드는 돈이다. 나는 머리가 짧아서 조금이라도 머리를 다듬지 않으면 볼품없이 덥수룩해진다. 젊었을 때라면 약간 부스스해도 예쁘게 봐주겠지만 50대는 그렇지 않다. 몸을 가꾸는 데 게을러지면 깔끔하지 못한 인상을 주기 때문에 신경 써야만 한다. 몸을 가꾸는 것은 사회인으로서 중요하다.

반면에 옷이나 액세서리에는 거의 돈을 쓰지 않는다. 앞에서도 말했듯이 물건을 많이 사지 않기 때문이다. 예전에는 명품가방이나 구두, 옷 등 비싼 물건을 가져야만 만족했던 때도 있었다. 하지만 앞으로 몇 번이나 쓸지, 몇 번이나 입을지를 생각하면서 물건을 많이 가질 이유가 없다는 것을 깨달았다. 자주 들지 않는 가방에 돈을 쓰기보다는 맛있는 음식을 먹으러 가거나 발레나 콘서트를 보러 가는 등 여러 경험을 하는 편이 나에게 득이 되고 인생이 즐거워진다. 이제는 그렇게 생각한다.

내가 일해서 번 소중한 돈을 쓸데없는 데 쓸 여유는 없다. 나에게 중요하다고 생각하는 것에 돈을 쓰고 싶다.

마음의 여유를 잃으면
생활비가 올라간다

홀로서기를 했다고 해도 난 아이들을 키우는 주부이기도 하다. 회사 일과 집안일을 병행한다는 것은 힘든 일이어서, 조금이라도 일 처리를 잘못하거나 몸 상태가 좋지 않으면 일이 제대로 돌아가지 않는다. 그러면 마음만 조급해져서 어디서부터 손을 대야 좋을지 모르는 상태가 되기도 한다. 월급쟁이인지라 회사 일을 나중으로 미룰 수 없다 보니 아무래도 집안일에 영향이 미친다.

내 생활이 우선, 그다음에 일

어느 날 가계부를 보며 한 달 동안 쓴 돈을 계산해 봤더니 식재료비와 잡비 등을 합친 금액이 8만 9천 엔 정도, 외식비가 3만 8천 엔 정도, 딸에게 준 용돈이 2만 3천 엔 정도로 모두 더해서 15만 엔 언저리였다. 우리 집은 식비나 잡비, 일용품을 사는 돈으로 한 달에 9만 엔을 잡고 있는데, 예산보다 6만 엔이나 더 쓴 것이다.

대학생에게는 용돈을 주지 않는다는 규칙이 있는데도 돈이 없다고 우는소리를 하는 딸에게 나도 모르게 지갑을 연 탓도 있지만, 그것보다 큰 문제는 외식비다.

회사 일 때문에 여유가 없어지면 저렴한 재료를 사다가 이것저것 궁리해가며 음식을 마련하기가 힘들어지고, 그보다 더 피곤해지면 아예 음식을 하지 못해서 외식이 늘어나는 악순환이 계속된다. 이때 하는 외식은 그다지 맛있지도 않는데, 가고 싶어 가는 것이 아니라서 약간 죄책감이 들기 때문이다. 정말로 아까운 지출이다.

마음 심(心)에 잃을 망(亡)을 써서 바쁠 망(忙)이라는 글자가 된다. 확실히 바쁘다거나 시간이 없다고 말하게 되면 그것이 변명이 되어 일상생활을 대충 하는 기분이 든다. 말 그대로 마음에 여유를 잃어서 중요한 것을 나중으로 미루게 된다.

중요한 것은 바로 매일의 생활이다. 내가 왜 일을 하는지 다시 생각해 보면, 역시 나는 '일이 우선이고 그다음에 내 생활'이 아니라 '내 생활이 우선이고 그다음에 일'이다. 내 생활을 중요하게 생각하지 않는다면 풍요로운 인생을 살 수 없다.

일이 바빠서 시간이 없다 해도 마음만은 여유를 가지고 쓸데없는 외식은 하지 않겠다고 다짐했다. 혼자 집에서 밥을 먹을 때도 카레나 김치찌개 등을 1인분씩 만들어 먹으려고 한다.

만족할 줄 아는 사람이
행복하다

'만약 복권에 당첨된다면…….'

누구나 인생을 살면서 한 번쯤은 상상한 적이 있는 상황일 것이다.

만약 내가 복권에 당첨된다면 우선 집을 새로 사야겠다. 그리고 식사는 지금처럼 수고스럽게 직접 차리는 대신에 삼시 세끼 다 밖에서 먹지 않을까? 회사는 그만둬야지. 매일 놀고 마음껏 쇼핑해야지.

그런데 이러한 생활이 정말 행복할까?

아는 사람 중에 친정에서 회사를 경영하는 부잣집 딸이 있다. 어렸을 때부터 굉장히 풍족한 생활을 했지만, 언제나 도우미가 차려준 밥을 먹거나 밖에서 사 먹기 일쑤여서 어머니가 손수 차려 준 음식은 먹어본 적이 없다고 한다. 그래서 반대로 손수 밥을 지어주는 엄마의 사랑이나, 그 사랑을 받는 것이 행복하다는 사실을 잘 안다고 말했다.

확실히 돈이 어느 정도 있으면 안심이 된다. 하지만 돈이 있다고 해서 인생이 윤택해지느냐는 물음에 그렇다고 자신 있게 대답하기 어렵다.

인기 있는 고급 타워맨션 한 채가 아주 싼 가격에 매물로 나왔다. 원래 살던 나이 든 남성이 엉망으로 생활하면서 방을 쓰레기 더미로 만들어놨기 때문이라고 한다. 아무리 좋은 집에 살아도 제대로 관리하지 않고 쓰레기 더미 속에서 생활한다면 윤택한 삶이라고 할 수 없다.

물론 돈이 너무 없어도 문제다. 당장 오늘을 살아갈 돈이 없다면 행복하다고 느끼지 못할 테니까. 인생을 살아가기 위해서 최저생계비는 필요하다. 하지만 그다음은 그 사람이 살아가는 방식에 따라 달라지지 않을까?

성실하고 정성스럽게

따라서 나는 가능한 한 성실하게 살려고 노력한다. 우리 집은 잡지나 인기 블로그에 나오는 집들처럼 호화롭지는 않지만, 깨끗이 청소하고 그 계절에 피는 꽃으로 장식해서 마음 편하게 지낼 수 있는 곳으로 만들려고 노력한다.

식사도 중요하다. 가족이 좋아하는 음식을 만들어 깔끔하게 담아내고 식탁도 보기 좋게 꾸민다. 입는 옷은 유행을 너무 따르지 않되 질이 좋은 것으로 필요한 만큼만 사서 정성스럽게 손질하고 언제나 깨끗한 상태를 유지하도록 한다.

친구들에게 성실하다는 말을 자주 듣는데, 나는 그저 내가 할 수 있는 만큼 마음이 윤택해지는 길을 걸으려 할 뿐이다.

　사실 난 욕심쟁이다. 그렇지만 부족한 것에 집착하지 않는다. 내 분수에 맞는 생활을 해야 한다는 사실도 잘 알고 있다.

　'만족할 줄 아는 사람이 부자다.'

　노자가 한 말로, 욕심의 유혹에 빠지지 않고 분수에 맞는 현재 상태에 만족하는 사람이야말로 마음이 풍요롭다는 의미다. 인생의 반환점을 지나서 노후가 조금씩 현실로 다가오는 50대인 나에게는 마음에 와 닿은 명언이다. 이 말의 의미를 곱씹으면서 금전적인 풍요로움보다 마음의 풍요로움을 소중하게 생각하며 하루하루를 보내고 싶다.

집밥은
수고를 들이고 비용을 줄인다

큰아들은 나와 같이 살 때는 집밥을 먹었지만, 취직한 후에 집을 나가 혼자 살면서는 편의점 도시락이나 패스트푸드와 같은 고열량 음식을 사 먹었다고 한다. 그러다가 비듬이 심해지고 피부가 건조해지면서 심하게 몸이 가려운 증상이 나타났다. 아토피성 피부염이 생긴 것이다. 그 후 우리 집으로 다시 들어와 살면서 아토피 증상은 거짓말처럼 사라졌다. 음식이 몸에 직접적인 영향을 끼친다는 사실을 다시 한번 깨달았다.

입에 넣는 음식은 피가 되고 살이 되어 내 몸 그 자체가 된다. 따라서 살아가는 데 있어 음식을 절대 소홀히 여겨서는 안 된다.

또 음식은 몸뿐 아니라 마음에도 영향을 준다. 맛있는 음식을 먹는 것만으로도 기쁨을 느끼고 그렇게 하루 한 번씩이라도 기쁨을 느낀다면 매일 행복하게 생활할 수 있다.

음식에 딱히 흥미가 없는 사람이라도 살아가기 위해서는 여하튼 먹어야 하니 이왕이면 맛있는 음식을 먹었으면 좋겠다.

즐겁게 주방으로

몸도 마음도 건강하게 살기 위해서 맛도 있고 영양가도 풍부한 음식을 먹고 싶다. 가족들에게도 그런 음식을 먹게 해주고 싶다. 하지만 맛있는 음식을 먹겠다고 자주 외식을 하거나 원하는 재료를 마음대로 사지는 못한다. 어느 정도 정해진 식비 안에서 해결해야 한다. 어떻게 하면 좋을까?

돈을 아껴야 한다면 수고를 아끼지 않는 수밖에 없다.

나는 맛있는 밥을 차리기 위해서 수고를 아끼지 않는다.

싸고 맛있는 제철 재료를 사고, 있는 재료를 다 쓸 때까지 다양한 요리법을 궁리하고, 아침에 먹을 빵은 직접 굽는다. 집밥의 장점은 정성을 쏟는 만큼 여러 음식을 맛볼 수 있다는 것이다.

물론 매일 해야 하는 일이다 보니 가끔은 게으름을 피우고 싶어질 때도 있다. 그래도 오늘은 무엇을 먹을지, 어떤 술을 곁들이면 어울릴지를 고민하는 것 자체를 즐기면서 주방에 들어서고 싶다.

내 성을 짓다

혼자 사는 사람에게 저축은 중요하다. 앞날을 생각했을 때, 연금만 믿기에는 불안한 상황이니 허투루 돈을 쓸 수 없다. 그렇다고는 해도 저축만 하며 사는 인생은 괴롭다. 인생을 풍요롭게 살기 위해서는 투자도 필요한 법, 나에게는 집수리가 바로 자기 투자였다.

의미가 있는 투자

남편과 헤어진 후 3년쯤 지나 기울어진 문설주를 고치고 화단을 새로 단장한 것을 계기로 조금씩 집을 손보기 시작했다. 아이들과 지내는 1층은 칸막이를 없애 하나로 트고 커다란 붙박이장을 설치했다. 물론 벽지도 새로 바꾸고 바닥도 다시 했다. 그렇게 달라진 분위기에 맞추어서 커튼, 찬장, 테이블과 같은 가구나 에어컨, 냉장고, 컴퓨터와 같은 가전제품도 새로 들였다. 남편과 같이 살던 때의 모습은 이제 거의 찾아볼 수 없다.

우리 집 사정을 아는 친구들은 돈 아깝게 쓸데없는 일을 했다며, 왜 내가 집수리를 하는지 이해하지 못했다. 확실히 출혈은 컸다.

하지만 나는 '집의 버팀목이었던 가장이 떠난 집'이라는 부정적인 인상을 없애고 희망과 미래가 느껴지는 긍정적인 공간으로 집을 바꾸고 싶었다.

거창하게 말하자면 나만의 성을 짓고 싶었다. 실제로 집수리를 마치고 내 성을 보니 성취감과 함께 나도 이 집을 지킬 수 있다는 강한 자신감이 생겼다. 그것만으로도 수리비는 의미가 있는 투자였다고 생각한다.

노후자금
1천만 엔을 목표로

매년 생일을 맞은 달이 지나면 나중에 연금을 얼마나 받는지 등의 내용이 적힌 연금안내서가 우편으로 날아온다.

내가 정규직 사원으로 일한 지도 8년이 지났다. 그전까지는 남편의 부양가족으로 피보험자에 올라 있었지만, 내가 정규직이 되면서 직접 보험료도 내는 만큼 나중에 받는 연금액도 올랐다. 게다가 회사를 옮기며 연봉이 오른 덕에 일을 시작하고 나서 4년간은 예상 수령액이 조금씩 올라갔다. 하지만 5년째부터 수령액은 거의 그대로여서 나중에 연금만으로 생활하기란 경제적으로 무리일 듯 보였다. 따라서 나는 60세 정년까지는 정규직으로 열심히 일하고 그 후에는 연금으로 채워지지 않는 정도만큼 돈을 벌 수 있는 일을 하고 싶다.

　노후는 누구에게나 평등하게 찾아온다. 언젠가는 나이가 들고 일을 할 수 없는 때가 온다. 어쩌면 노후를 맞이하기 전에 병에 걸리거나 퇴직과 같은 불행한 일에 맞닥뜨릴지도 모른다. 이런 만일의 경우를 대비해서 노후자금이 필요하다. 나는 쉰 살 때부터 노후자금 1천만 엔을 목표로 꾸준히 저축하고 있다.

하루하루 활기차게

왜 1천만 엔인지 간단히 설명하자면 내가 일을 하는 동안 모을 수 있는 최대한이 1천만 엔이라고 생각하기 때문이다.

　얼마나 저축을 할지는 각자 연봉이나 집안 사정에 따라 다르고 가치관에 따라서도 큰 차이가 있다. 아는 사람 중에 식비를 줄여서 모은 돈으로 4천만 엔짜리 집을 구매한 부부가 있다. 이 부부가 식비를 절약한 방법은 너무 극단적인데,

예를 들어 양배추 한 통을 사면 전부 잘게 썰어 샐러드를 만들어 놓고 다 떨어질 때까지 오로지 그것만 먹는다. 나는 도저히 그렇게 할 수 없고, 하고 싶지도 않다. 물론 각자 가치관은 다르지만, 돈을 모으는 것 자체가 목표가 되어 현재 생활을 소홀히 하거나 즐기지 못한다면 본말전도라는 생각이 든다.

나는 지금을 행복하게 보내고 하루하루를 활기차게 생활하고 싶다. 내가 지금의 생활을 유지하면서 저축을 하면 모을 수 있는 금액에는 한계가 있다. 그 한계가 1천만 엔인 셈이다.

50세부터 65세까지 1천만 엔을 모으려면 우선 60세 정년까지 매월 5만 엔 그리고 연 2회 보너스로 10만 엔씩 저금해서 8백만 엔을 모아야 한다. 그리고 60세에서 65세까지는 매월 3만 엔씩 저금해서 180만 엔을 모아 총 980만 엔을 만든다. 어디까지나 계산상이지만 약 1천만 엔을 모을 수 있다. 퇴직금까지 합치면 좀 더 될지도 모른다.

현재는 개인연금보험이나 독신보험 등도 들어서 돈을 모

으는 데 힘쓰고 있다. 가끔 저축을 거르는 달도 있지만, 막내도 취직하고 나면 조금 여유가 생기지 않을까 기대한다. 어디까지나 희망적인 예측이지만…….

여하튼 무언가를 하기 위해서는 계속 일을 해야 하니 돈보다도 건강이 우선이다. 돈에 너무 집착하지 않고 하루하루를 건강하게 보내면서 노후자금 1천만 엔을 목표로 꾸준히 노력할 것이다.

부모 병간호와 드는 비용, 내 경우

일흔여덟인 우리 엄마는 유료 요양원에서 지내고 있다. 정신적으로 조금 불안정한 면이 있어서 조그마한 일로도 히스테리를 일으켜 죽어버리겠다고 폭주하기도 하고 지나치게 술을 마시거나 약을 너무 많이 먹는 등 위험한 일을 저지르기도 한다. 지금은 관리를 받고 있다.

예전에는 아버지가 엄마를 잘 돌봐주셨지만, 아버지가 돌아가신 후에 엄마와 살아 보니 내 생활이 엄마에게 휘둘리기 일쑤였다. 또 나이를 생각하면 당연하지만, 엄마는 발을 움직이는 것이 불안할 때도 있고 지병으로 당뇨병도 있다. 그래서 심리치료 내과에서 상담을 받고 간호보험에 '간호 필요 인정'을 신청했더니 '간호 필요 2급'으로 인정받았다.

부모 부양은 갑자기

회사에 다니면서 병간호가 필요한 부모를 부양하기란 어려운 일이다. 그래서 시설에 맡기려고 했는데 특별 노인 요양원은 '간호 필요 3급'으로 인정을 받아야 들어갈 수 있어서 어쩔 수 없이 유료 노인 요양원을 알아봐야 했다.

우리 엄마가 지내는 요양원은 아주 일반적인 시설로, 입주비와 식비, 간호비(10% 자기부담), 전기세, 기저귀값, 약값, 잡비, 용돈 등을 합쳐서 월 22만 엔 정도 비용이 든다. 거기에 병원비와 친정집을 유지하는 데 고정으로 들어가는 재산세, 화재보험, 전기세 등 공과금, 상조회비 등으로 월 3만 엔 정도가 더 필요하다. 요양원에 내는 비용과 합치면 매달 25만 엔 정도가 필요한데 엄마가 받는 노령연금과 유족연금으로는 부족했다. 부족분을 어떻게 마련해야 할지, 친정집을 처분해서 맞추어야 할지 고민하는 동안은 내가 그 부족분을 부담해야 했다. 그 후에 운 좋게 친정집을 빌리고 싶다는 사람이 나타나서 지금은 그 임대료를 받아 부족분을 채우고 있다.

어딘가의 조사에 따르면 병간호를 받는 노인이 혼자 비용을 부담할 수 있는 가정은 50퍼센트 정도라고 한다. 나머지는 당연히 자식들이 부담하게 된다. 하지만 부모 부양 문제가 현실로 다가오는 때는 자식들이 본인의 자식들에게 들어가는 학비가 가정을 압박하는 시기다. 우리 아이 친구 중에도 조부모님에게 들어가는 비용 때문에 부모님에게 학비를 받지 못한다는 아이가 있다.

병에 걸린 부모를 부양해야 하는 상황은 갑자기 닥친다. 우리 집도 그랬다. 당황해서 시설을 찾아보며 의사에게 상담을 받으러 다녔고, 제대로 준비할 시간도 없이 바로 간병 생활에 돌입했다.

아직은 괜찮다고 생각할지라도 부모님이 건강한 지금 부모님의 경제 사정을 파악해두자. 병에 걸린 부모를 모셔야 할 때 누가 돌보고 비용은 어떻게 부담할지 가족끼리 충분히 상의해두길 바란다. 부모를 부양하는 것은 정말로 힘든 일이다.

의료비 공제를 받다,
내가 사는 법

매년 2월이 되면 꼭 해야 하는 일이 바로 의료비 공제 확정 신고다.

 늘 귀찮다고 생각하면서 세무서에서 신고 용지를 받아 작성했는데, 올해는 국세청 홈페이지에서 확정신고서 작성 페이지를 이용하니 아주 간단하게 끝났다. 필요사항을 입력 하면 순식간에 환급액까지 계산되고 그대로 인터넷에서 신 고할 수 있다. 나는 서면으로 세무서에 신고하기 때문에 종 이로 출력했는데 사본도 같이 출력되는 등 아주 만족스러 운 시스템이었다.

귀찮은 일이 아니라 이득

의료비 공제는 1년 동안 일정 금액 이상 의료비를 쓴 경우, 이미 낸 세금을 일부 환급해주는 제도다.

일본에서는 생계를 함께하는 가족 전원에게 들어간 의료비가 공제대상으로, 같이 살지 않아도 부양하고 있다면 공제대상이 된다. 나는 요양원에서 생활하는 엄마의 입원비와 생활비도 함께 신고한다.

간호보험 서비스도 의료비 공제대상이어서 특별 노인 요양원이나 노인간호 보건시설 등에서 받은 의료 서비스에 대한 비용도 의료비 공제대상이다. 하지만 우리 엄마가 지내는 유료 노인 요양원은 의료비 공제대상이 아니라고 한다. 도저히 이해할 수 없지만······.

또 매년 특별 건강검진에 들어가는 수십만 원은 원래는 공제대상이 아니지만, 검진에서 질병이 발견되었다면 공제대상이 된다. 작년에 특별검진을 받았을 때 위에서 헬리코박터 파일로리균이 발견되어 치료받았는데 이에 들어간 비용을 확정신고할 때 같이 신고했다.

또 2017년부터는 '셀프 메디케이션 세금 제도'라고 해서 약국이나 드럭스토어에서 지정된 의약품을 1만 2천 엔 이상 사면 세금을 돌려주는 제도를 시작했다. 역시 부양가족이 산 약값까지 합쳐서 신고할 수 있다. 다만 신고하는 사람이 그해 직장이나 지자체에서 건강검진을 받아야 한다는 조건 이 있다.

어쩌면 의료비 공제 제도를 통해 세금을 환급받을지도 모르니 관계없다고 생각하는 사람도 귀찮아하지 말고 알아 본 후에 해당 사항이 있다면 신고하자. 조금이라도 환급을 받으면 여유가 생길 테니까.

나는 사회인이 된 아들 둘과 대학에 다니는 딸까지 아이 셋을 키우고 있다. 둘째 아들은 이미 독립했고 지금은 두 아이와 함께 세 식구가 살고 있다. 막내딸이 대학을 졸업해서 취직하면 일단은 다 키웠다고 생각하지만, 아이들이 제대로 독립해서 살아갈 수 있을지 나중 일이 걱정스럽다.

사랑스러운 자식들에게서 졸업하기

특히 큰아들은 취직해서 집을 나가 혼자 살다가 이직하면서 다시 같이 살게 되었는데, 독립하고 싶지 않다고 당당하게 말해서 걱정이다. 부모와 같이 살면 식사나 빨래, 청소까지 다 해주고 종종 외식이나 여행을 갈 때도 데리고 가주니 아무래도 든든할 테지만, 언제까지나 부모 곁에서 살겠다고 하면 곤란하다.

눈에 넣어도 아프지 않을 내 자식들이다 보니 나 역시 자연스레 챙겨주게 된다. 밥을 차려서 먹이고 빨래를 해주고 다림질도 해주고 지금까지 해온 일이어서 특별히 의식하지 않으면 늘 그래왔듯이 아이들을 챙기고 있다. 분명 내가 잘못하고 있다.

부모와 자식 사이라고 해도 사회에서는 각자 대등한 한 사람의 성인이다. 그리고 사회에 나간 성인이라면 혼자 살아가겠다는 목표를 가지고 있어야 한다고 생각한다. 나도 정규직 사원이 되어 일하기 시작하면서 나 혼자 힘으로 서겠다는 목표를 세웠다. 하지만 부모가 너무 자식들을 감싸고 돌본다거나 자식들이 언제까지고 부모에게 기댄다면 어느 쪽도 혼자 설 수 없다.

자식들에게 생활비를 받다

그래서 우리 집은 독립의 첫걸음으로 각자 생활비는 각자가 내도록 한다. 당연한 일이지만 사회인이 된 자식들에게 돈을 받지 않는 부모가 의외로 많다고 한다. '대단한 월급을 받는 것도 아닌데……'라는 부모 마음이겠지만, 나는 냉정하게 마음을 다잡고 그달에 든 식비, 전기세, 잡비를 합한 금액의 3분의 1을 큰아들에게 내게 한다. 그리고 항상 서른 살이 되기 전에는 독립해 나가라고 말한다.

물론 아이들이 떠나고 나면 허전하겠지만, 그보다는 서른 살이 넘은 아들과 엄마가 매일 마주 앉아 밥을 먹는 장면을 더 견딜 수 없다. 어쩐지 그쪽이 더 속상하다.

무엇보다 아무리 애를 써도 아이들보다 내가 먼저 세상을 떠난다. 언제까지 건강하게 일할 수 있을지 아무도 모른다. 따라서 자식들이 혼자 살아갈 수 있도록 독립시키는 것도 부모의 의무가 아닐까? 그래도 그때까지는 조금 더 아이들과 함께 즐겁게 살아가고 싶다.

바라는 게 많았던 엄마가
가르쳐준 행복의 기술

나는 다른 사람에게 바라지 않는다. 이렇게 말하면 차가운 사람이라고 여길지도 모르지만, 이것이 우리 엄마가 내게 가르쳐 준 행복의 기술이다.

나는 나, 부모는 부모

우리 엄마는 예전부터 자기 생각대로 되지 않으면 감정이 폭발해서 여러 문제를 일으켰다. 우리 집에서는 식칼을 들고 소동을 벌인 적도 있다. 최근에도 요양원에서 히스테리를 일으켜 직원들을 고생시켰다. 하지만 엄마는 "내가 원하는 걸 조금이라도 들어주면 좋잖아!", "이 정도 해주는 게 뭐 어려운 일이야!"라고 불평할 뿐이다.

엄마는 옛날부터 이런 식으로 딸인 나에게도 무리한 요구를 했다. 예를 들어, 내가 고등학생이었을 때 친구와 여행을 가려고 했더니, "나는 가지 못하는데 너만 여행을 간다니 치사해. 불공평하잖아!"라고 화를 냈다. 내가 결혼할 나이가 되자 엄마는 "내가 늙었을 때 날 돌봐줄 수 있는 남자를 결혼상대로 데리고 와야 해"라며 본인이 원하는 바를 요구했다.

젊었을 때는 무언가 이상하다고 생각하면서도 어떻게든 엄마의 기대와 희망에 부응하고 싶었다. 하지만 그것은 그리 오래가지 않았다. 역시 엄마가 부담스럽고 힘들어서 필연적으로 거리를 두게 되었다. 그리고 그런 엄마를 보며 다른 사람에게 지나치게 기대를 하는 것은 잘못이라는 사실을 깨달았다.

나는 나 자신에게 기대한다

그렇다고는 해도 나도 모르게 다른 사람에게 무언가 바라게 될 때가 있다. 내가 마흔일곱에 이직을 할 수 있었던 것은 내 친구가 회사에서 책임자가 되면서 나를 끌어주었던 덕택이다. 하지만 내가 입사하자마자 그 친구는 부하직원과의 갈등으로 일을 그만둔다고 해서 당황했다.

"네가 있어서 나를 신뢰하고 채용했을 텐데, 네가 그만둔다고 하면 남은 나는 어떡하라고?"

하지만 이것을 바란 내가 잘못이다.

아무리 친구라고 해도 어떤 문제가 생기면 본인의 삶을 우선하는 것이 당연하다. 나는 친구에게 의지하지 않고 내 힘으로 회사에서 인정받기 위해 노력하겠다고 결심했다.

다른 사람에게 무언가를 바란다는 것은 내 행복을 다른 사람에게 맡기는 것과 같다. 그렇게 기다리기만 해서 얻은 행복이라면, 사람은 만족하지 못하고 '좀 더, 좀 더'라고 계속 요구할 뿐이다. 행복해지기 위해서는 스스로 움직여야 한다. 다른 사람에게 바랄 필요도 없고, 다른 사람이 바라는 것에 응하려고 너무 애쓸 필요도 없다. 나는 나에게 바라고 그 기대에 부응하기 위해 노력하고 싶다. 따라서 나는 다른 사람에게 바라지 않는다.

부모 병간호와 드는 비용,
부모를 위해 잘한 일

2016년 여름, 엄마가 당뇨병 합병증으로 입원했을 때 입원비 청구서를 받았다. 의료비는 108만 6천 엔으로 그중 10%가 자기 부담이어서 원래는 10만 8600엔을 내야 하지만, 우리 엄마는 75세 이상 노인 혜택을 받기 때문에 '한도액 적용에 따른 표준부담액 감액인정 증명서'를 제시하면 2만 5천 엔 정도로 감액된다. 거기에 기저귀 값이나 식비 등으로 3만 7천 엔 정도를 더해서 6만 2천 엔 정도만 내면 된다. 일본의 건강보험 제도는 굉장히 잘되어 있다.

하지만 입원 중에도 요양원에서 청구하는 입주비와 관리비 등은 내야 하니 여전히 부담스럽다. 의료비와 간호비가 합쳐지면 상당한 타격을 준다.

부모를 위한 대비

그때 도움을 받은 것이 의료보험이다. 엄마의 보험급여는 하루에 1천 엔 정도지만 그달에 24일간 입원을 해서 2만 4천 엔 정도를 받았다.

이 의료보험 가입은 내가 부모님을 위해 잘했다고 꼽는 일 중 하나다. 보험에 가입한 때는 우리 막내가 세 살이었던 17년 전이다. 아는 사람에게 협동조합공제보험을 권유받았는데 부모님이 병에 걸렸을 때를 대비할 필요가 있겠다는 생각이 들어 가입했다.

내가 고등학생일 때부터 입원이 잦았던 엄마 때문에 매년 의료비가 상당히 들었던 기억이 떠올랐는지도 모른다. 부모님은 처음에 "딸이 보험을 들라고 하다니!"라고 한탄하며 두 분 합쳐서 8천 엔 정도인 보험료가 아깝다고 보험 가입을 꺼렸다. 하지만 나는 억지로 부모님을 보험에 가입시키고 엄마가 수긍할 때까지 몇 년 동안 내가 보험료를 냈다.

지금 생각해도 그렇게까지 하길 잘했다. 그 후 아버지는 간암으로 10년 동안 투병 생활을 하면서 개복수술에 고주파 치료, 카테터 수술까지 받았는데 그 모든 입원비와 치료비를 이 의료보험으로 처리했다.

엄마에게 나오는 보험급여는 70세까지는 입원일 하루에 3천 엔씩 그리고 그 후에는 입원일 하루에 만 엔으로 큰 금액은 아니다. 그래도 한 달 가까이 입원을 했더니 상당한 도움이 되었다.

나이가 들면 들수록 보험료는 오르고 내가 낸 보험료보다 받는 보험급여가 적어 손해를 볼 수도 있다. 우리 세대의 부모님들은 대부분 70세를 넘겼을 테니 이제 보험에 가입을 하는 것을 신중하게 고려하는 편이 좋다. 다만 병에 걸렸을 때 얼마나 보장을 받는지는 확인해둘 필요가 있다. 이번 기회에 부모님의 보험을 다시 살펴보면 어떨까?

병간호 틈틈이
혼자만의 시간을 갖다

요양원에서 지내는 엄마에게는 일주일이나 이 주에 한 번씩
얼굴을 내민다. 다만 오래 있어봤자 2시간 정도다. 그 이상
있다 보면 내 신경이 날카로워진다.

기분 좋게 병간호하기

우리 엄마는 좀 더 이렇게 해달라고 요구하거나 왜 좀 더 이
렇게 못 해주느냐는 불만이 넘쳐나는 사람이어서, 엄마의 요
구에 계속 맞추어주려면 굉장한 인내심이 필요하다. 그래도
역시 내 부모이다 보니 효도하고 싶다는 마음은 있다. 게다

가 나이가 들어서 당뇨병과 같은 지병도 있는 데다가 가족과 떨어져 요양원에 사는 엄마에게 소홀할 수는 없다.

그래서 내가 기꺼운 마음으로 엄마를 만날 수 있는 빈도와 시간을 정해서 엄마를 보러 간다. 그리고 남은 시간은 혼자 점심을 먹거나 차를 마시고 친구를 만나는 등 나를 위해 할애한다. 그편이 엄마도 나도 마음을 다치지 않고 지낼 수 있다고 생각하기 때문이다.

좀 더 자주 보러 오라거나 전화 좀 자주 하라는 등 엄마의 '좀 더' 요구에 응하다 보면 내 생활이나 기분이 망가지고 결과적으로는 웃는 얼굴로 엄마를 만나지 못한다. 그러다 보면 결국 만나기 싫어져서 발걸음이 점점 뜸해질지도 모른다.

내 몸과 마음이 편해야 다른 사람을 돌볼 수 있다. 상대가 내 핏줄인 부모라도 그렇다. 부모를 돌보고 싶다면 나 자신부터 돌볼 필요가 있다. 여러분은 자기 자신을 돌보고 있을까?

본가를 정리할 때
중요한 것들

부모 부양과 마찬가지로 우리 세대의 많은 사람이 직면하는 문제는 본가를 정리하는 것이다. 나는 아버지가 돌아가시고 엄마를 모셔와 같이 산 4년 동안 친정집을 빈 채로 두고 손을 놓고 있었다. 그러다가 2015년 5월에 엄마가 요양원으로 들어가고 나서 겨우 정리를 시작했다. 그리고 '좀 더 빨리 시작했으면 좋았을 텐데……'라고 후회했다.

중요하게 고려해야 할 점 네 가지

처음에는 물건들이 너무 많아서 어디서부터 손을 대야 좋을지 어찌할 바를 몰라 지지부진한 채로 정리가 되지 않았다. 그래도 지금은 깨끗하게 정리하고 청소해서 세를 놓은 상태다. 내 경험에 비추어 본가를 정리할 때 중요하게 고려해야 할 점 네 가지를 짚어보려 한다.

❶ 팔까? 세를 놓을까?

우리 집처럼 어떤 사정이든 본가가 비게 되면 집을 팔지, 아니면 세를 놓을지 결정해야 한다. 빈집으로 놔두면 유지 관리가 힘들고 무너지거나 화재가 발생할 위험도 있기 때문이다. 또 팔 때는 건물을 그대로 두고 파는 방법과 건물은 부수고 대지로 파는 방법이 있다. 세를 놓는 경우도 포함해서 각각의 이점과 불리한 점을 전부 파악하고 비교해서 부담이 적은 쪽을 선택하기를 바란다.

❷ 물건을 버리는 법

본가를 정리하는 데 특히 시간과 노력이 드는 것이 본가에 있는 수많은 물건을 정리할 때다. 나는 처음에 엄마에게 어떤 것이 필요한지 물어보며 정리하려 했는데, 엄마가 이런저런 이유를 들며 물건 대부분을 남겨 두어야 한다고 해서 좀처럼 끝이 보이지 않았다.

내가 필요한 것과 필요하지 않은 것을 구분하려 하나하나 살피다 보면 추억이 담긴 물건을 발견하거나 버려도 될지 망설여지는 물건들이 있어 굉장한 시간이 걸린다.

효율적으로 정리하기 위해서는 전문업체에 부탁하는 편이 좋다. 나는 집을 빌리고 싶다는 사람이 나타났을 때, 친정집에 있는 물건 중에 필요한 것이 있는지 봐달라 하고 그 외의 물건은 대부분 정리해서 치우게 했다. 그리고 앨범 몇 권에 큰 사발, 찻잔 다섯 개, 염주, 여동생의 기모노, 엄마의 액세서리 등 열 개 정도만 챙겼다. 업체는 우리 집 물건에 애착이 없어서 엄청난 속도로 작업을 진행해 순식간에 정리를 끝냈다.

업체에 의뢰할 때는 반드시 몇 군데에서 견적을 받아봐야 한다. 내가 알아봤을 때는 비싼 곳은 25만 엔이었는데 저렴한 곳은 13만 2천 엔 정도로 배 가까운 금액이 차이가 났다. 귀찮더라도 몇 군데 업체에서 견적을 받아보고 일을 맡겨야 손해를 보지 않는다.

❸ 부동산중개소에 의뢰하는 법

중개 수수료가 크게 남을 건이라면 따로 부탁하지 않아도 부동산중개소에서 열심히 팔 곳을 찾겠지만, 우리 집처럼 바로 살 사람이 나타날지 어떨지도 모르고 중개 수수료도 적은 건이라면 신경을 못 쓸 가능성이 크다. 그런 일이 없도록 동네에서 평판이 좋은 부동산중개소를 찾아 맡겨야 한다. 그 지역에 사는 친척이나 지인들의 이야기를 듣고 어느 정도 점찍은 후에 실제로 사무실에 가보고 인상이 좋은 부동산 중개업자에게 의뢰하면 좋다. 또 집을 내놓은 후에도 중개업자에게 자주 연락해서 어떻게 되어 가는지 확인하자.

❹ 생전증여

나는 친정집을 팔려고 내놓았다가 결국 세를 놓게 되었는데, 그때 '생전증여'라는 명목으로 친정집을 내 명의로 바꾼

다음에 임대 계약을 체결했다.

엄마 명의인 채로 계약을 해서 엄마가 임대 수익을 올리거나 부동산 매각에 따른 수입이 생기면 보험료에 영향을 줄지도 모르고 다음 해에 의료비 부담이 늘어날 수도 있었다. 그런 상황을 피하고자 생전증여제도를 이용한 것이다. 다만 이렇게 하면 부동산 취득세를 내야 해서 생전증여를 받는 편이 반드시 이득이라고는 할 수 없으니 주의해야 한다.

또 일본에서는 생전증여를 하면 '상속시 정산 과세'라는 규정이 있어서 2500만 엔 이하의 재산을 증여받을 때 증여세를 내지 않아도 된다. 다만 증여한 사람이 사망했을 때 증여받았던 재산을 상속받은 것으로 보고 상속세를 낸다.

상속세에 대한 제도나 법률은 달라지기도 하고 모든 조항을 이해하기란 어려우니 전문가에게 상담을 받는 편이 좋다.

우선은 본가를 정리하는 일부터 시작해 보자.

아버지를 기리는 법

'돌아가신 후에 깨닫는 부모님 은혜'라고 한다. 나 역시 우리 아버지에 대한 생각이 아버지가 살아 계셨을 때와 비교해 돌아가신 후에 크게 달라졌다. 아버지가 돌아가시고 나서 깨닫게 된 사실 하나는 나와 엄마 사이에서 아버지가 완충작용을 해주었다는 점이다. 또 말수가 적었던 아버지가 내가 남편과 별거했을 때 내게는 아무 말도 하지 않았지만, 나를 안쓰러워했다는 이야기를 여동생에게 듣고 아버지의 애정을 새삼스레 느끼기도 했다.

아버지를 기리다

아버지가 돌아가신 날은 21일. 매월 21일에는 가능하면 휴가를 내 아버지를 기리려 한다. 올해 2월 21일은 상당히 추워서 눈이 날리고 때때로 돌풍도 불었지만, 그래도 자전거를 타고 한 시간쯤 걸려 성묘를 하러 갔다. 손이 빨개져서는 묘비를 닦고 곱은 손으로 잡초를 뽑느라 꽤 고생했다. '오늘은 이 정도로 이해해주세요'라고 말을 건네며 묘비 앞쪽에 있는 잡초만 정리한 후에 향을 피우고 인사를 올렸다.

성묘 외에도 나는 아버지를 기리기 위해 아버지가 좋아하던 음식을 먹으러 간다. 이상하게도 아버지가 좋아하던 음식이 먹고 싶어진다.

올해는 오사카 사람이라면 고개를 끄덕일 만한 우동집 '치카라모치'가 떠올랐다. 내가 어린 시절부터 다니던 식당으로 아버지도 굉장히 좋아하는 곳이다. 하지만 그날따라 동네 지점은 물론이고 두 정거장 떨어진 역에 있는 지점도 쉬는 날이었다는 비극이…….

아마 아버지가 먹고 싶었던 음식은 다른 것이었나 보다

생각하고 무엇을 먹을지 다시 고민하다가 떠오른 곳이 '교자노오쇼'다. 나는 좋아하지 않았지만, 아버지가 항상 주문하시던 중화 덮밥과 생전에 마지막까지 즐겨 드셨던 닭튀김 요리를 작은 것으로 주문해서 남김없이 다 먹었다.

죽은 사람은 살아 있는 사람들이 자신을 기억해주지 않을 때 가장 슬프지 않을까? 매월 21일은 아버지를 떠올리면서 아버지가 좋아하는 음식을 먹는다. 아버지를 기리는 괜찮은 방법이라고 생각한다.

꽃이 있는 삶으로
마음에 영양을

아이 키우기에 바빴던 시절에는 집에 꽃을 장식하는 여유가 없었다. 하지만 아이들이 다 자라고 집에서 혼자 지내는 시간이 늘어난 지금은 꽃과 함께하는 삶을 즐기게 되었다. 마치 가족처럼.

지금 바로 꽃을 사러 가자

꽃은 비싸다는 인식이 있지만, 돈을 얼마 들이지 않더라도 여러 꽃을 즐길 수 있다. 예를 들어, 모종 포트 하나에 백 엔 정도 하는 라넌큘러스는 노랑, 하양, 빨강 등 선명한 색에 송이가 큰 꽃으로, 그것만으로도 존재감이 느껴지고 기분이 밝아진다. 모종 포트 그대로 놓아도 되지만 나는 가위로 잘라서 한 송이씩 꽂아 현관이나 거실에 둔다. 또 국화의 한 종류인 소국은 슈퍼 같은 곳에서도 팔아서 싸게 살 수 있는 꽃이다. 일본에서는 국화라고 하면 불전에 올리는 꽃이라는 인식이 있어 꺼리지만, 어떻게 꽃꽂이를 하느냐에 따라 좋은 포인트가 된다. 잎을 떼어내고 줄기를 짧게 해서 작은 부케처럼 빽빽하게 꽂아주면 정말 예쁘다.

집안에 꽃이 있으면 그것만으로도 분위기가 확 살아난다. 매주는 무리라고 해도 그럴 기분이 생겼을 때 꽃을 사서 집안을 꾸며보자. 나는 기분이 좋을 때 꽃을 사 와서 방을 장식하는데 꽃을 볼 때마다 즐거운 일들이 생각나서 행복해진다. 꽃은 말을 못 해도 마치 가족처럼 조용히 곁에 있어준다. 이 책을 다 읽은 후에 꽃을 사 와서 집에 놓아 보면 어떨까?